李骏虎作品集

经典的背景

李骏虎 著

中国书籍出版社

图书在版编目（CIP）数据

经典的背景 / 李骏虎著 . —北京：中国书籍出版社，2020.1（2024 . 1 重印）

ISBN 978-7-5068-7549-3

Ⅰ. ①经… Ⅱ. ①李… Ⅲ. ①小说创作—文学创作研究—中国—当代 Ⅳ. ① I207.42

中国版本图书馆 CIP 数据核字（2019）第 269364 号

经典的背景

李骏虎 著

图书策划	戎 骞　崔付建
责任编辑	张 娟　成晓春
责任印制	孙马飞　马 芝
出版发行	中国书籍出版社
地　　址	北京市丰台区三路居路 97 号（邮编：100073）
电　　话	（010）52257143（总编室）（010）52257140（发行部）
电子邮箱	eo@chinabp.com.cn
经　　销	全国新华书店
印　　刷	三河市华东印刷有限公司
开　　本	650 毫米 ×940 毫米　1/16
字　　数	180 千字
印　　张	13.25
版　　次	2020 年 1 月第 1 版　2024 年 1 月第 2 次印刷
书　　号	ISBN 978-7-5068-7549-3
定　　价	58.00 元

版权所有　翻印必究

自 序

我生长在那个全民"文学热"的时代。20世纪80年代,"改革开放""思想大解放"带来全国性的写作阅读高潮,从城市到广大的农村、矿山,有点文化的人们都拿起笔来写小说、散文、诗歌、报告文学、文艺评论,抒发情怀,记录时代。在晋南的一个小村庄,也有两个做着狂热的文学梦的年轻农民,其中一个就是我的父亲,这使我在刚刚能够开始阅读的时候,随手就能够拿到《人民文学》《小说月报》《作品》《青春》《汾水》(后改为《山西文学》)这样的文学杂志,对于一个偏远的乡村里的孩子来说,的确是得天独厚的精神资源。就是在父亲的熏陶和指导下,我开始写作和投稿,小学没毕业就开始发表作品。

有人说,那个时候的全民文学热是不正常的,也有人因此而慨叹后来的文学被边缘化,我也曾这样想。但我现在不这样认为了,我现在知道，全民都想当作家的确是不切实际的，但人人都应该养成写作和阅读的习惯，尤其在我们解决了生存问题，开始追求生命质量的时代；我同时理解到，文学作为社会主流的时代的确是一种特殊现象，但文学应该对社会发展和时代进步产生深远影响却是不容置疑的，时下文学越来越圈子化，越来越丧失对社会大众的影响力，越来越跟时代发展没有关系，这才是不正常的。仅仅是文学圈里的繁荣，是虚假的繁荣。这也是当下文学为大众所敬而远之的原因。狄更斯、托尔斯泰、雨果，都曾为人类社会的进步做出历史性的贡献，我们看到，真正的文学大师是为人类写作的，他们从不曾把文学学术化、圈子化。为什么要写作，从事文学的终极目的是什么，这是作家们应该思考的永恒课题。跳出圈子，为人民写作，这是我大概从十四年前形成的文学观念。我后来的文学道路，就是在这个观念的指导下往前走的。

每一个作家的文学生涯中，都有自己阶段性、标志性的作品和文学事件，我也是如此。我真正意义上的小说写作，开始于中专时代完成的第一部短篇小说《清早的阳光》。那个时候，没有读过几本文学名著，也几乎没有任何的文学观念，就是靠着农村生活的积累和一点天分创作的，我对自己想象力的确信，也来自这篇纯粹的作品。每一个作家都有自己的软肋，我也有，我在文学素养上的欠缺就是没有接受过必要的写作训练，当时，也没有完成与经典的对话，我就是个"野狐禅"。这个短篇之后，我回到故乡小城谋生，很多年不能超越自己，后来因为一个机会又回到了太原，有三年时间学着用王小波的风格写小说，数量不下三十万字。这其中有一个中篇、三个短篇被文学杂志《大家》2000年的同一期刊发，还配发了整页的作者艺术照，这是我文学生涯中的第一个作品小辑，从此我开始浮出水面，成为我这一代作家里较早的出道者，这要感谢

《大家》主编李巍老师的错爱,他还曾想把我打造成男版的J.K.罗琳,可惜我才力不逮。

在我读过小仲马的《茶花女》和陀思妥耶夫斯基的《被侮辱与被损害的》后,在卢梭的《忏悔录》里找到了思想指导(我其实并没有读完这本书,但哲学家强大的思想力量通过开头的几页书就主导了我),开始写作第一部长篇小说《奋斗期的爱情》。那是20世纪末的事情,我在山西日报社工作,每天晚饭后打上一盆热水放到办公桌下泡脚,铺开稿纸写两三千字,保持了一个良好的写作进度。我在子报工作的弟弟陪着我,他也写点东西。那个时候生活条件异常艰苦,我们兄弟俩租住在一个倒闭的工厂的小楼单间里,房子里没有水管也没有厕所,需要用矿泉水瓶子从报社灌水带回去用。晚上十点多,完成当天的写作进度,我俩骑着从街上四十块钱买来的旧自行车赶夜路回住处。如果在夏天,经常一个霹雳大雨倾盆,根本来不及躲避就被浇成了落汤鸡;如果在冬天,融化的大雪在马路上冻成纵横的冰棱,车轮压上去,一摔就是十几米远。但我们心里都有一团火,就是永不熄灭的文学火焰,能够在窒息的大雨中和摔懵的马路上哈哈大笑。《奋斗期的爱情》被文学杂志《黄河》以头条的位置发表后,很快被收入长江文艺出版社"九头鸟长篇小说文库",这在当时是个特例,因为文库里的作者除了我,都是很有名的前辈作家。要感谢《黄河》主编张发老师和长江文艺出版社的李新华老师,正是《奋斗期的爱情》使我开始有了"粉丝",其中包括不少跟我年龄相仿的现在很知名的青年作家,当时他们刚开始尝试写作。

我开始不满足于圈子,而从大众的欢迎中得到自信,源自于我的第一部畅销作品《婚姻之痒》。2002年到2005年之间,我开始了自己第一个完整的创作阶段,创作了一系列以心理描写见长的都市情感和婚姻家庭题材小说，并整理成长篇小说借助于各大门户网站的读书频道贴出来。磨铁文化老总、诗人沈浩波的弟弟沈笑，当时在新浪网读书频道做版主，他把《婚姻之痒》加精置顶，后来得到了四千多万的点击量，数千读者跟读并试图提供思路参与创作。在读者意识到我有把女主角庄丽写死的企图时，很多人对我发出了威胁。那年的情人节，读者们把《婚姻之痒》打印出来，用精美的礼品纸包装好，作为情人节礼物互赠。有人留言说看了这部作品与爱人达成了谅解，有人说决定奉行独身主义，这使我对文学的社会功能产生了自觉的思考，也开始与逐渐向圈子和学术坍缩的文学背道而驰。现任人民文学出版社社长臧永清，其时担任春风文艺出版社的副总编辑，他策划的"布老虎"丛书风靡一时，他跟我签下了首印四万册的出版合同，可惜的是，他后来去了中信出版做副社长。他也因此专程打来电话表达了对我这本小说的遗憾。然而很快，创业阶段的沈浩波就闻讯来到太原，通过朋友联系到我，在电话里诚恳地做了半个小时的洽谈。沈浩波的策划和营销能力是非常超前和强大的，在他的策划下，我一下子"火"了起来，不断接受全国各城市晚报和都市报的采访，《婚姻之痒》也进入新华书店系统公布的2005年文学类畅销书前五名，接着又拍成了电视连续剧，由著名影星潘虹和李修贤主演。

是作家都有代表作，有被自己认可的，有被读者认可的，还有被圈子认可的，我截至目前被这三个领域基本认同的代表作，是长篇小说《母系氏家》，这也是我第二个完整的创作阶段的主要作品。这部小说也是对"山药蛋派"老一辈作家谆谆教导的"生活是创作的唯一源泉"的致敬和实践，她的创作，完全是非功利性的、自发的、水到渠成的。2005年元月，我被选派到故乡洪洞挂职体验生活，报到后，县政府让我先回太原，等待通知再正式上班，这一等就是两个多月，于是，从毕业后就为了生存和理想打拼的上班生活突然停止了，生活节奏出现了巨大的断档和真空。文学创作是闲人的职业，人心里越安静思想越活跃，忘记了是什么触发了灵感和回忆，我开始写作我生长的那个小村庄的女人们的个性和人生故事，写到六七万字的时候，县政府通知我报到上班，我给她起了个题目《炊烟散了》，作为一个大中篇发给约稿的杂志。这就是《母系氏家》的蓝本，她并不是按照时间轴写的，而是把两代女人的人生历程交叉辉映着写。两年半后，我在鲁迅文学院第七届中青年作家高研班学习，从繁忙的政府工作中脱身出来，文学的机能重新复活，一个晚上，我想到《炊烟散了》里面有一个人物可以再写一个中篇，就围绕这个叫秀娟的美丽、善良的老姑娘写了一个晋南农村麦收之前的故事，起名为《前面就是麦季》。跟以生活为背景的小说不同，《前面就是麦季》是以《炊烟散了》为背景的，这种以另一部小说的世界为背景的小说写作，弥补了我的作品虚构程度小的弱点。稿子完成后，恰好《芳草》杂志主编、著名作家刘醒龙老师来鲁院物色刊物"年度精锐"的专栏作家，我有幸蒙他慧眼相加，《前面就是麦季》就成为开年《芳草》杂志的头题作品，后来获得了第五届鲁迅文学奖的优秀中篇小说奖。

每个作家都有自己的特质，有些作家艺术感强，善于写中短篇，有些作家命运感、历史感强，擅长写长篇，我是以长篇为主要创作形式的作家，中篇产量最少，却阴差阳错获得了中篇小说的最高荣誉，这正是命运的耐人寻味之处啊。也还是在鲁院时，《十月》杂志主编王占君老师来约稿，嘱我写个长篇给他，我以《炊烟散了》和《前面就是麦季》为基础，用时间顺序把故事展开讲述了一遍，完成了长篇小说《母系氏家》的第一稿，发在《十月》长篇小说的头题。在陕西人民出版社出版单行本之前，我又用两个月的时间改了第二稿，增加了几万字，后来获得了首届陕西图书奖，同时获奖的长篇小说有贾平凹的《秦腔》，陈忠实老师是文艺奖评委会的组长，他用浓重的陕西话跟我开玩笑说：写得比老贾好！

《母系氏家》也获得了赵树理文学奖，几年后我又写了她的姊妹篇《众生之路》。著名评论家胡平老师认为，《众生之路》的"呈现"比《母系氏家》的"表现"，在艺术上更高一个层次。能超越自己，我觉得比超越别人更值得高兴。

人的心理倾向是受生理影响的，换句话说，我们的身体变化某种程度上决定着精神走向，四十岁左右的时候，我开始喜欢读历史了，历史事件的神秘感和对历史人物探究欲望，使我的写作转向第三个完整的阶段：抗战史的研究和书写。无论写历史还是现实，作家都是以发生在自己脚下的这块土地上的故事为富矿的。我发现红军东征山西有着改变中国革命进程、促成抗日民族统一战线形成的伟大意义，于是，经过两三年的打通史料和实地考察准备，完成了全面展现这一历史阶段的国际国内政治形势和战争过程的长篇小说《中国战场之共赴国难》。这是我目前为止体量最大的一部作品，有四十万字，也是第一部完全以长篇的艺术结构从零创作的作品，她并未得到文学评论界多少的关注，却产生了很大的社会影响，成为当年中国新闻出版报公布的年度文学类优秀畅销书前十名。跟我的第一本畅销书《婚姻之痒》主要以读者个体为购买对象不同，《中国战场之共赴国难》不是一本一本地卖的，她被省内外很多机关单位、企业、学校多则几百本，少则几十本的团购，作为读书活动的主题书。《文艺报》以整版的篇幅发表了我的创作谈《今天怎样写救亡史》。《中国战场之共赴国难》使我彻底背向文坛、面向大众，赵树理曾经说过他的文学创作理念是："老百姓看得懂，政治上起作用。"山西作家中的前辈张平、柯云路是这个理念的杰出实践者，我是他们的追随者。

我并不是文学性、艺术性的反对者，我热爱并且探究小说的艺术性，但我反对文学学术化、圈子化，我不愿意搞"纯文学"创作，我希望我的作品像狄更斯一样受到普通人的欢迎。我也醉心于福克纳、博尔赫斯、卡夫卡的作品，但我向往着托尔斯泰、雨果那样超越作家的思想情怀，我逐渐开始了自己的第四个完整创作阶段，我希望自己能够像巴尔扎克那样把同时代的人们变为我笔下的艺术形象，展开一副包罗万象的时代画卷。

感谢中国书籍出版社和策划人戎骞小兄的美意，要给我出一套比较完整的作品集，由于我的一再坚持精减，还有近几年出的新书的原出版社都不愿出让版权，成为目前这八本的规模，留待随后陆续补进。

目前，我出版了18种、25本书，其中一半左右是长篇小说，戎骞要求我写的这篇自序里，我未提及散文、诗歌和评论的创作情况，是因为我想以主要创作形式来梳理自己的文学历程，今后这仍然是我的主要方向。一个作家只要不丧失对长篇小说的兴趣和能力，其他的体裁就有一个强大的思想本源。

2019年8月17日　于太原

经典的背景

目录

自　序 / 001

有　所　思

在中国写作的优势和障碍 / 003
对中华文化和中国文学对外交流的思考 / 012
中国当代作家作品国际影响力的差距及原因 / 016
作家张平：与人民同呼吸，和国家共命运 / 020
三十年河西，三十年河东 / 030
在中国背景下写作的"70后" / 037
写作犹如布道 / 042

品 书 录

经典的背景 / 047

梦是黑夜的水族馆 / 056

爱,《简·爱》的爱 / 059

用小说写成的竞选演说 / 061

浅析赵树理的文学理想 / 063

白璧微瑕说《白鹿原》 / 066

在乡亲和大师之间 / 072

老树新花读胡正 / 075

独树一帜的"洋山药蛋" / 079

谈 创 作

命运才是捉刀人 / 086

那是救亡的先声和前奏 / 089

他们的英雄气与赤子心 / 094

赐生我们的巨树永青 / 097

寻找并廓清一段历史 / 102

我是晋南的泥土捏成的娃娃 / 105

《母系》的前面就是《麦季》 / 108

《奋斗期的爱情》修订本附记 / 111

就是要你疼痛（《婚姻之痒》后记） / 116

漫不经心花怒放 / 119

猜想尹先生 / 121

谈我的创作转型 / 124

自 由 谈

"缚龙术"辜负了时代 / 132

我的小说观 / 139

写作的方向 / 142

人民是文学的生命力 / 146

生活远比想象更精彩 / 151

创造者的头脑应该是清醒的 / 156

我们与我们时代的关系 / 160

现实主义是最先锋的 / 164

访谈实录 / 168

创作年表（要目） / 180

有 所 思

· YOU SUO SI ·

在中国写作的优势和障碍

作品只是作家这座冰山露出海面最耀眼的十分之三

2016年10月份,我参加中国作家代表团出访了阿根廷和智利,这两个国家都属于拉美文学的高峰地带,阿根廷有博尔赫斯,哥伦比亚有马尔克斯,智利有聂鲁达,秘鲁有略萨。当年的"拉美文学大爆炸",对中国当代文学的影响是巨大的,中国的"50后""60后""70后""80后"四代作家都深受其影响。因此拉丁美洲是中国作家向往的文学圣地。去了之后,很有收获。不仅是崇拜者的朝圣心态使然,更是通过体察大师们当年的生活环境,接触他们身边的人,慢慢地想通了很多东西。

比如说，我们在布宜诺斯艾利斯参观了博尔赫斯当年工作的阿根廷国家图书馆，拜谒了他的故居，还在后面的那个小花园里坐了坐。正好阿根廷国家图书馆正在展出博尔赫斯的手迹和画作，看到他的手迹，我觉得有一种不一样的东西慢慢地走进心里了。博尔赫斯被誉为作家中的作家，在我们心目中神一样存在的博尔赫斯，其手迹竟是很普通的笔记本，写得密密麻麻，像是一行行排列整齐的芝麻。让我感到意外的是，绝大多数手稿不是他的小说或诗歌作品，而是关于阿根廷和首都布宜诺斯艾利斯的历史、人文、地理，白人和土著的故事，江湖豪侠的人物传记，包括作家、流氓和恶棍，还有关于本国的风俗、历史沿革等的研究成果，甚至是他所认识的普通人的生存方式、家族故事，他们的命运遭际等等，包罗万象。我从博尔赫斯这里明白了，如果说作家是一座冰山的话，他的作品只是海面上最耀眼的那十分之三，而真正使他伟大的是海面下托起他的十分之七！

文学作品的伟大首先是作家本身的伟大、他的思想的伟大，是作家跟这块土地、这个民族的历史和思想的融合与升华。有时候我们可能会凭天分出点小名，然后就沾沾自喜，渐渐发现打不开自己了，于是疯狂阅读经典作品想获得秘籍。现在看来，这是一个误区。因为作家不是单一的人，他是一个庞杂的人，你无法仅仅通过他成型的作品去学习到他真正伟大的东西。

有时候，对于作家来说，丰富的社会经历和阅历，要比读完一个图书馆的书还要重要，有些东西要靠体验而不是脑子去感受。有野心的作家应该是本土文化、历史的学者，是风土人情的集纳者，是时代的在场者，是周围人们的生存状态、思想观念的采访者。要把身处的社会、时代、民风都了然于胸，把自己变庞杂、变丰富，把自己的厚度增加，然后再厚积薄发。

作家要有一颗诗人的心

诗歌起源于祈祷，是最纯正的艺术形式，是艺术之心，是人类与神灵对话的艺术形式。我们生活在凡俗之中，要接近缪斯，就要有一颗诗人的心。无论是否从事文学创作，每一个有生命的人，都应该有一颗诗人的心，作家更应该这样。这样，你的生命、情绪、思想都会朝向光明和希望。

要有一颗诗人的心，说到底，说的是一个作家的内心修养。

谈修养，在这个时代已经是很可笑的事，但愈是这样，愈加说明它的可贵。周星驰为什么能成为喜剧大师？在自传性电影《喜剧之王》里我们看到，主人公虽然是个跑龙套的，但他看的书是《一个演员的修养》，你就能知道他的抱负跟别人不一样，他抱定的是严肃的艺术态度，正是这个原因使得一个籍籍无名的人取得了无人能够超越的戏剧成就。

写作也是一样，既然从事文学，就不能急功近利。写出一两篇漂亮作品，通常情况下都是昙花一现。作家首先要把自己变成诗人，变成学者，变成时代的在场者。因为你在场，所以你思考，因为你思考，所以你获得思想。所有关系到身边的人的生存的问题、生命质量、精神追求的问题，都应该去思考，想不通了，再到哲学巨著中或思想家著作里寻找答案，用作品提出问题，求证于历史和当代。作家不关心时代，不关心民族命运，躲在书斋里，没有社会危机感，便会跟时代游离，作品出不了圈子，产生不了对时代和社会的影响力。

　　作家要完成与经典的对话，这样你才能了解文学史，了解整个文学作为一个艺术门类有多少表现形式，它的精神指向和艺术归宿是什么。作家还要完成与自己时代的对话。这比绞尽脑汁去想小说的开头要重要得多。

　　进行十年田野调查、学术研究，充分了解社会发展规律，了解本民族的精神内涵、价值观念，然后再去写作，作品就会成为山一般的存在，无人能够逾越。不做作品之外的工作，今天看着光鲜出名，明天作品就化成纸浆泥土，我们不能因为对文学的激情和热爱而把最应该下的功夫忽略了。

作家应该是本民族的代言人

　　所谓真理，就是不断地遭受置疑和挑战，而在每一次被推翻后又得到重新的确立，鲁迅先生"越是民族的就越是世界的"判断正是如此。

　　几乎所有伟大的作家的写作都基于本土，无论是国家命运、民族精神还是命运故事。

　　比如雨果，亲身参与了法国社会变革的进程，他不仅是伟大的作家，更是一位思想家、革命家，他的命运和国家、民族的命运捆绑在一起，书写了法国波澜壮阔的历史画卷，成为法国人精神上的国王。

　　比如托尔斯泰，无论《复活》《安娜·卡列尼娜》《战争与和平》，都是在写俄罗斯的民族精神。他在《战争与和平》里，写到库图佐夫指挥的俄军对抗拿破仑军队的入侵时，没有因为他是个作家而毫无感情色彩地去写作，而用"我军"指代俄军。作家也是人，热爱自己的国家和民族是最基本的情感，如果作家不热爱自己民族和国家，人格是值得怀疑的，只有对民族感情浓厚，读者才能感同身受，产生共鸣。

比如福克纳，毕其一生写的是家乡像邮票大的一块地方，其实他的写作涵盖面非常之广，作品是通过他的家族世系来反映整个美国的殖民融合历史，反映殖民统治过程中产生的矛盾：白人与黑人的矛盾，混血人种与白人和黑人之间的矛盾，庄园主与农奴的矛盾。他所写的小镇是当时整个美国社会的缩影。这就是教作家要立足本土，要想写中国波澜壮阔的变迁史，一味好高骛远，可能连素材也找不到。但完全可以通过一个县、乡、村来表现，像福克纳一样去写作，因为所有小矛盾都是大矛盾的缩影，产生的效应是一样的。

在中国写作有优势，也有障碍。我们的历史太漫长了，是财富，同时也是负担。现代文明进入拉美不过几百年的历史，而且还不是由稳定的政权所记录下来的历史，资料相对要少很多，潜心研究，用不了几年时间就能烂熟于心。人物命运和人生故事是在什么样的历史背景下，作家很容易就能搞清楚，对人物的思想也很容易把握。但是中国有三千年文明史，孔子定《尚书》自尧始，如果算上尧之前的远古神话历史，那就有五千年历史，在这样的历史文化背景下搞创作，有丰富的资源可以随意取用，但是具体到创作之前的打通史料和掌握常识，那又是很沉重的负担。即使是写现代人物，你要搞清他的思想观念、价值取向，还有个性的形成，免不了追溯他的家世，得搞清楚他这个样子是因为祖上受了诸子百家里哪家的影响？如此沉重而复杂的历史负担，造成了我们笔下的人物背景注定是复杂的，人物形象注定是有背景的，所以说在中国搞创作有着难以逾越的障碍。

因此我们要搞创作，尤其是写小说，首要解决的就是把芜杂的历史和人物简单化处理，找到基本的二元对立。只有找见矛盾对立，才能理清思路，否则连自己都是糊涂的，怎么能让读者看清楚？从这个意义上来说，谁能把矛盾看清楚，谁就有写出经典的可能，谁就会在文学史上占据重要地位。两个半世纪之前，曹雪芹找到了真与假、荣与衰的关系，写出了旷世巨著《红楼梦》；一个多世纪后，钱钟书看到了里和外的矛盾，写出了奇书《围城》；20世纪末叶，陈忠实抓住了中国的传统与革命的矛盾，同样写出了当代无法逾越的经典《白鹿原》。这三部中国文学经典，分别是近代、现代、当代的代表作品，我想主要说一说《白鹿原》。

陈忠实的《白鹿原》，是继《红楼梦》《围城》之后的又一部被作为学术来研究的作品。为什么《白鹿原》会成为经典？因为陈忠实写出了中国的一个核心问题——传统与革命的矛盾。中国的传统与革新的矛盾，从先秦商鞅变法直至清代百日维新，斗争了数千年，到了民国后期更加突显。是守旧还是革命？中国的道路应该向何处去？《白鹿原》探讨的正是这个问题。中国该向何处去？陈忠实用白鹿两家三代人的价值观念和人生追求进行了文学化的呈现，他的作品呈现了我们这个民族核心的、永恒的难题，所以就成了史诗和经典。

在中国，传统与革命是一对永恒的矛盾，陈忠实通过小说来探索自强、独立、复兴的永恒难题，这使他成了超越一般意义上的伟大作家。因为喜爱《白鹿原》而找来陈忠实其他中短篇作品阅读的读者，可能会失望，因为和《白鹿原》相比，他的其他作品几乎没有什么才气，但是如果我们意识到这些作品不过都是在为写《白鹿原》做准备，就会更加的肃然起敬。就像博尔赫斯一样，他要写一个人物，可能会做很多的笔记，在创作之前做充分的资料收集、梳理工作。陈忠实盖了一座文学的大厦，那些中短篇都是这个伟大工程剩下的边角料，他有《白鹿原》这一部世界奇观就足够了。

东西方小说在精神指向上的区别

作家的伟大，公认的是要有悲悯情怀。作家写作品不仅仅是为了把自己的喜怒哀乐倾诉给读者，或者把自己内心的好恶传达给外界，而是应该充当人类精神的导师。阎连科这样阐述过托尔斯泰比鲁迅伟大的理由：鲁迅对他笔下的人物充满了嘲讽和蔑视，哀其不幸，怒其不争；而托尔斯泰的眼里只有人，没有好坏、善恶之分，在他眼里所有人都是上帝之子，都是可宽恕的、需要关爱的。即使是对有恶性恶念的人物，托翁也没有加以恶言恶语，没有嫌弃、憎恨，他爱这世上和他笔下所有的人。我这样理解，如果你是一个有立场的人，标榜好人，打击恶人，你是个正人君子；但如果你兼爱所有的人，那你就是圣人和神祇，而后者就是大师！

它提醒我们在搞文学创作时，不要狭隘地做是非判断。坏人为什么坏？是什么造就了他的坏？如果作家在作品中呈现了这个原因，作品就有了艺术的力量了。反之，轻易地对人物进行判断和定位，作品往往是浅薄的。

在中国学习和实践创作，多数当代作家都在熟读和学习西方经典名著，学习中国古典名著所不具备的艺术手法、表现方式等，但不可不存警惕之心。因为东西方小说在精神指向上是有区别的，东西方在社会结构、价值观念、意识形态上的区别，必然造成作家认知和分析、表现上的区别，混淆了这种区别，作品就会失去民族特色和读者的共鸣。

西方小说的核心是写人性，东欧小说源头在法国，指向是一致的，陀思妥耶夫斯基的长篇小说《罪与罚》是典型的人性审判意识，贫病交加的男青年煎熬在在生存和谋杀之间，他在一念之间砍死了房东老太婆，然后就活在痛苦当中，一个他想要投案和忏悔，另一个他要逃罪并活下去，他的内心为此撕裂和斗争，经受着良知的审判。《罪与罚》情节并不复杂，主要就是写人性深处善与恶的纠结，为了生存不得不去作恶，然后描写灵魂的负罪感、逃避的天性、贪生的欲望和痛苦的惭愧，让人性纤毫毕现。

而中国小说的传统是写世道人心，无论是说部还是话本都是这个路数，《三国演义》写"分久必合，合久必分"；《红楼梦》"满纸荒唐言，一把辛酸泪"；已经具备现代小说意味的《金瓶梅》《官场现形记》也是世道浇漓、人心不古。现当代小说一脉相承的经典作品有《围城》《白鹿原》《沧浪之水》等。阎真的长篇小说《沧浪之水》写大学生池大为初到卫生厅工作，知识分子的个性让他和环境格格不入，遭受挫折后，在环境压力之下逐渐迎合世道，然后节节高升爬到卫生厅权力的巅峰，却陷入失去自我的精神痛苦之中，通篇弥漫着个人和社会矛盾冲突的无奈和苍凉。在中国写小说，写中国故事，同样需要剖析人性，但不能把终极目的放在那儿，要考虑到这块土地上的读者也是传统文化和思想观念熏陶出来的，才能有共鸣，使作品产生应有的社会效应，也才能对社会有现实意义。

当年吴宓先生在美国读了250部西方经典，他在一次演说中告诉美国读者，这些经典虽然各有所长，但是中国的《红楼梦》却集这些西方经典之大成，达到了兼美！《红楼梦》之所以伟大，除了艺术手法高超之外，作者对世道人心的切身感悟是一个重要因素，当然曹雪芹的命运我们不可重复，但小说家实在应该有几分"俗气"，要了解社会、揣摩人心、懂得人情世故。我在北京有一次坐出租车，司机师傅听说我是作家，就说你们作家不得了，什么都知道，老舍先生的小说里就把我们老北京的风味小吃的吃法讲究都记录下来了。其实老舍的作品和曹雪芹的作品有异曲同工之妙，不过一个写的是市井，一个写的是官宦之家。

小说家要俗，但诗人内心应有足够的天真，诗人的创作要和自己的思维方式、生活方式一致，不能写诗的时候是诗人，不写诗的时候是俗人，甚至是个坏人。因为诗歌是最纯粹、最神圣、最高雅的艺术形式，是人和神灵之间沟通的艺术。

中国小说还有一个特点就是方言的丰富性，《红楼梦》的研究者遍布五湖四海，几乎每个人都认定曹雪芹操持的是自己家乡的方言，曹雪芹对方言的融会贯通可见一斑，使得作品就像钻石一样，谁看都觉得自己看的是正面。这也提醒我们，创作时方言的特色不能丢，很多方言浸润着古汉语精髓的留存，尤其蕴含在人物对话当中，往往使得人物特点呼之欲出。

金宇澄获得茅盾文学奖的长篇小说《繁花》，用的是上海方言，师法的是清代韩邦庆的《海上花列传》，韩邦庆当时用吴语创作小说，也是受到《红楼梦》使用方言的启发，他说"曹雪芹著《石头记》皆操京语，我书安不可操吴语？"方言的使用，是对中国话写作的一个回归。相比之下普通话写作的魅力就差多了，张爱玲把《海上花列传》翻译成白话文《海上花》，她在后记里说："有点什么东西死了。"胡适看了也说："失掉了原来的神气！"

在中国要想真正地写出好小说，还得立足本土，从传统中汲取营养。

对中华文化和中国文学对外交流的思考

中华文化或者说汉学在国外是冷还是热？当代中国作家在世界文坛的影响力是什么状况？中国当代文学作品的对外翻译是怎样的情况？在被中国当代作家视为文学圣地、而在地理上离我们最远的拉丁美洲，对中国的作家、作品是否了解呢？这些问题之前我都没有深入地思考过，直到2016年的深秋参加中国作家代表团出访阿根廷和智利，才有了切身的体会。而几年前也是参加中国作家代表团出访印度和尼泊尔，却没有带来更多的思索，大概因为同在亚洲区域，文化上的差异不是那么鲜明吧。

拉丁美洲并没有大国家，很多国家比如智利，全国的人口远不及我们的一座一线城市，但他们有博尔赫斯，有聂鲁达，有马尔克斯，有略萨，在诺贝尔文学奖榜单上可谓熠熠生辉、光彩夺目，而拉美文学大爆炸的繁荣和辉煌在世界文坛造成巨大冲击的同时，也深深地影响了20世纪60年代以来的中国文学，不知有多少中国作家视他们为灯塔和引路人。因此能有机会去博尔赫斯和聂鲁达的国度访问，对中国作家来说多少是有着朝圣般的激动的。此行在阿根廷拜谒了博尔赫斯故居，见到了他的秘书，拜会了阿根廷作协的主席和著名作家；在智利拜谒了聂鲁达的故居，并在智利国会图书馆和智利作家进行了交流，这一系列活动，都是在今年的"中拉文化交流年"的大框架下，由文化部中国文化对外翻译与传播研究中心和孔子学院拉美中心安排联络的，是政府行为之下的文学交流，并非中国文学的影响力强大到足够影响到拉美世界。因此，此行带给我诸多的感悟和思考。

首先，"中国热"方兴未艾，汉学在拉美升温。随着中国的国际影响力进一步提升，特别是李克强总理正式访问拉美四国之后，拉美国家的汉学研究者越来越多，学习汉语的热情越来越高，尤其是一些专门致力于研究汉学和中国社会发展的文化机构，在拉美社会、中国侨民、留学生群体当中的影响力可谓深远。比如此次访阿的邀请方阿根廷《当代》杂志社，社长Gustavo Ng是中阿混血，父亲是广东珠海人，母亲是阿根廷人，他的中文名叫伍志伟，伍志伟对中华文化非常痴迷，他数次到中国寻根，并与中国侨民中的汉学家和阿根廷汉学家一起编辑出版季刊《当代》杂志，内容包括中国的历史文化、政治文化、经济文化，还有中华美食、医药、服饰等诸多方面，并为中国和阿根廷之间的组团互访做了很多的实际工作。我认为我国政府和文化机构应该重视和支持这样的汉学机构，通过我驻外机构给予最大的资金和政策支持，使之逐步扩大影响力，使中华文明深入拉美社会。

其次，孔子学院成为中华文化对外交流的重要渠道。通过孔子学院拉美中心的联络和组织，有关中国文化和文学的书籍开始有序地在拉美国家译介和出版,在拉美中心的推动下,智利罗姆(LOM)出版社已经出版了鲁迅作品集的西班牙文版本,并且开始合作出版《人民文学》外文版《路灯》的西文版。中国文学走向拉美,中国当代作家作品向西班牙文国家的译介,孔子学院拉美中心是主要的中枢机构,并且拉美中心组织译介和出版的中国文学作品辐射区域还包括西班牙本土和欧洲的西班牙语国家。

第三,中国文化对外翻译与传播的作用日益明显。由我国文化部和北京语言大学合办的中国文化对外翻译与传播研究中心,是有着政府和学术双重背景的重要机构,也是中华文化系统地向全世界翻译和传播的重要平台。此次访问阿根廷和智利的会谈中,两国文学出版机构、基金会和知名学者、作家,都对中方的"中拉思想经典文化互译工程"表现出极大的兴趣。而且该机构在联络中外文化界组团互访中的牵线搭桥作用越来越明显。加强对中国文化对外翻译与传播研究中心和中国文化译言网的人才和资金投入,系统地译介推广中华文化经典,将使中华文明再次影响世界的可能性大大增加。

第四,要进一步加强中国当代作家作品的对外译介,加强开辟中外"访问作家"的力度。此行我一个强烈的感受是,除非像莫言、曹文轩、刘慈欣这样获得国际文学大奖的作家,拉美作家和读者对中国当代作家和作品的了解是相当有限的,相反的是,我们的人民文学出版社、上海译文出版社、《世界文学》杂志等对国外作家作品的译介可以说是相当全面而及时。中国不乏优秀的作家和作品,缺乏的是系统而专业的对外翻译出版渠道。在与两国文学机构和作家的座谈中,拉美作家对中国表现出很高的热情和极大的兴趣,纷纷询问能否去中国做访问作家,或者到中国的高校做驻校作家或者诗人,而我国现有的国际作家写作营和我国作家参加其他国家的国际写作营的人次,显然无法满足作家们对于国际文学交流的需要,这方面应该进一步加强。

第五,拉美国家华侨热爱祖国。在与部分华侨的接触和交谈中,代表团成员强烈地感受到华侨的思乡之情和热爱祖国之心。华侨们无限深情地谈到他们每年回祖国探亲的次数,以及在海外看到五星红旗冉冉升起时的激动心情。尤其是随着中国国力的不断增长和国际影响力的日益扩大,海外华人的生存状况和政治地位进一步提高,他们为祖国而骄傲,同时祖国的强盛也进一步激发了他们爱我中华的热情。

最后,作为一名山西作家,我对拉美文学大师们坚持关注本土的文学情怀非常钦敬。拉美文学大爆炸,除了大师们的文学艺术手法之外,还因为他们书写的都是本土的历史沿革、人文地理、风物传说,他们的创作验证了"越是民族的就越是世界的"正确性。在国际化潮流席卷的今天,民族特色成为最后的标识,在文学创作上也是这样,不能盲目追求国际化,而是要立足本土,写出山西底蕴、中国特色来,才能具有独特的艺术价值。对于山西作家来说,也不能不关心国际思潮,但要做的是放眼全国、胸怀世界而扎根山西,只有这样才能写出具有人类情怀、民族特色的好作品来。

这是我作为一个山西作家对中华文化和中国文学对外交流的切身体会和浅显思考。

中国当代作家作品国际影响力的差距及原因

中国当代文学在对外翻译的引进和输出中，存在着巨大的逆差：在国外作家作品的翻译引进方面，渠道多广，机制成熟，译介人才层出不穷，而且并不因为区域差别受限，欧美、亚非拉分布均衡。除了对著作的翻译，《世界文学》等杂志对世界各国文学的动态、大师的新作和新秀的出现几乎都能及时地给予关注和研究，并同步译介给国内读者。举两个例子：

一是像米兰·昆德拉、村上春树这样深受中国不同代际的读者推崇和喜爱的作家，先有韩少功、林少华等早期的成功翻译，近些年又分别有新的译者进行重译或者翻译他们的新作；十几年前人民文学出版社更是启动过"名著重译"工程，对一系列已经成为经典名著的世界文学作品进行了重新翻译出版。可以说，在对国外作家作品的翻译引进中，我们投入的人力、物力、财力都多得几近重复劳动，几乎可以说"浪费"，致使各种译本多到不可胜数。造成一个很有意思的现象：墙里开花墙外香，很多在中国畅销到天文数字的国外作家作品，在他自己的国家却只能销售几千册，甚至无人问津。

二是国外并非国际影响力很大的作家作品，也能很轻易地在中国找到出版渠道。今年四月我在北京见到了出访拉美时结识的阿根廷《当代》杂志社社长Gustavo Ng，他是中阿混血儿，父亲是中国人，因此有个中文名叫伍志伟。伍志伟热爱中国，不遗余力地在阿根廷宣传中国的历史文化、当代社会和经济发展，他有着非常优美的文笔和哲学家的头脑，但目前还不是享誉世界的大作家，大概在阿根廷国内也属于中青年作家行列吧。他把父辈和自己的命运故事写成了一本书《秋天的蝴蝶》，是西班牙语版的。此行中国他有一个重要的心愿，就是完成这本书中文版的翻译出版事宜，第一天我们见面聊天的时候，他还在为此寻求我们另一位朋友的引荐和帮助，但不到一周的时间，他就通过中国文化译研网的推介，以优厚的稿酬，实现了翻译和出版的愿望。这种事情对于一个去国外寻求翻译和出版的中国作家来说，简直就是天方夜谭。

相反，中国当代作家作品对外翻译的现状是什么呢？非但不像有些作家自我吹嘘的那样如何在国外受欢迎，多么有影响力，而且即使被翻译出去的作品，基本上也是无人问津。根据中国文化译研网公布的数据来看，中国有至少10万名作家，200万名网络作家，9000名以上中国作家协会注册会员，每年产生5000多部长篇作品，而"走出去"的作家仅200人，外语版权多集中在英语、法语和西班牙语，亚马逊的分销平台上仅翻译了19部中国作品。中国当代文学研究会会长白烨讲过一个故事：近十年前，他到加拿大参加文学交流时遇到一位加拿大非常著名的女评论家，在交谈中他谈起了对加拿大几个作家的印象，对方礼貌性地回应，也想谈一谈中国作家，但是似乎一个也想不起来，午饭的时候她兴奋地说："我想起来了一个，李白！"这件事给了白烨很大的刺激——我们对于外国文学的了解要远远超过外国人对于中国文学的了解。

为什么我们在对外翻译的引进和输出中，存在着如此巨大的逆差呢？首先是输出机制和程序上存在着和引进的简捷相反的繁复，一部作品的海外译介落地，是一个复杂而艰辛的过程，也是一个需要各相关方通力合作的全链条的产业关系。从作家创作、编辑选题、版权经理人协调、译者翻译、国外编辑把关，到营销渠道的开拓，直至被读者发现、购买、喜爱、分享，每一个环节都要大费周章。得以推广成功的作品是佼佼者，也是幸存者。其次是国外的版权代理是和国内官方机制截然不同的市场机制，版权代理的选择需求精准而苛刻，几近于定制：比如意大利的版权代理想引进在中国当下真实发生的、非虚构的、故事性比较强的小说；德国的版权代理想看非乡土的、中国城市生活的小说；韩国的版权代理想看写年轻人的生活，信息量大的小说。这样就使得中国当代文学中的很多优秀作品根本没有机会进入他们的视野和译介渠道。

机制的原因是表象，深层的原因在于我们对外文化交流中文化输出的弱势，以及对外交流区域的不均衡不合理：我们没有像美国的好莱坞那样坚持输出"美国价值"文化的强势平台，文化交流活动的区域也是亚非拉多，而欧美少。我曾在2012年和2016年两次参加中国作家代表团出访印度、尼泊尔和阿根廷、智利，跟以上各国的作家们进行交流，他们几乎没有人能够说出一个熟悉的中国当代作家和作品，即使对于获得诺贝尔文学奖的莫言，也只是知道个名字。"2016中拉文化交流年"和"一带一路"倡议提出后，我国政府加强了对外文化交流，派出各个门类的艺术家对外推介中华文化，取得了一定的效果。尤其是孔子学院、驻外大使馆文化处等驻外文化机构通过政府行为的大力推动，取得一定成效，但交流国的文化界基本上还处于各自"闭门造车"的封闭的现状。

在对外文化交流中，还有一个因不"对等"而造成瓶颈的原因是，我们的代表团都是政府派出或者代表政府意愿的，而交流国实际合作的机构不是该国政府的文化机构，是纯市场或者民间的出版社或者杂志社，因此诸如我们推介中国文学的行为，最终还得靠孔子学院等驻外文化机构与该国出版社的合作落地。比如在孔子学院拉美中心的努力下，智利罗姆出版社译介出版了鲁迅的作品选，而当代中国作家作品的译介还有很长的一段路要走。为此，2016年，中国文化译研网聚集了全国当代文学研究的学者、教授、专家和一线文学期刊的编辑，组建了一支阵容强大，几乎涵盖了所有国内文学圈顶尖专家的专家委员会，在当代文学研究会会长白烨的带领下，历时一年时间，评选推荐出具有海外传播价值的31部长篇、61部中篇、100部短篇小说，并组织20位资深文学评论家、文学主编和20位海外翻译家共同编写中英双语版《中国当代文学作品指南》。今年春天，中国文化译研网邀请了文学、出版、传播界的专家，举办了中国当代文学精品海外译介与传播论坛。2016年由文化部、新闻出版广电总局和中国作协主办、中国文化译研网协办、中国图书进出口（集团）承办的文学翻译研修班上，就有不少外国出版人提出选择译介中国当代作家作品的需求，中国文学的"输出"取得明显成果。《人民文学》杂志也相继推出了英语版、西班牙语版，依靠孔子学院等驻外文化机构作为触角对外推介，但要真正让中国文学和当代作家作品进入国际视野，得到不同文化背景的外国读者的接受和关注，依然任重而道远。

作家张平：与人民同呼吸，和国家共命运

在人类文明历史中，古今中外灿若星辰的文豪大师里，有这样一些作家，他们没有把目光和思想局限于文学的象牙塔中，而是时刻关心着国家民族的命运，把笔触深入时代的洪流，描摹民间疾苦，反映人民心声。他们超越了单纯的作家，而成为人类精神的导师。雨果被法国人誉为"精神上的国王"，正是因为他毕生亲身参与法国社会发展变革的实践，他关心国家的前途，书写法国人的命运故事和精神诉求。在中国当代作家里，也不乏这样超越作家的作家，陈忠实的《白鹿原》书写的是中国社会数千年以来传统与革命的斗争史；贾平凹的《浮躁》和《废都》分别反映了中国两个社会转折阶段——从"以阶级斗争为纲"转为"以经济建设为纲"，从计划经济转为商品经济，国人普遍的精神状态和生存观念；柯云路的《新星》则在改革萌芽阶段就塑造了一个崭新的领潮人物形象李

向南,使文学形象深入人心,推动了社会的进步。上述几位作家,不但艺术造诣高深,同时兼具时代情怀,但他们并非所有的作品都能够紧贴时代。在当代文学大家中,似乎只有张平始终与人民同呼吸,和国家共命运,纵观他所有的作品,对新时期以来中国社会各个发展阶段都有高度文学化的呈现,同时为中国当代文学史贡献了一系列典型的人物形象。

早期作品的人性批判奠定了大作家的格局

我认为文学评论界把张平早期的中短篇小说创作定义为"苦情小说"或者"家庭悲情叙事",是唯素材论,矮化了他的情怀。他以家庭苦情为素材,深刻反映了当时的社会问题并且具有浓厚的人性批判色彩。张平的早期代表作《祭妻》发表于1981年,是一部已经成为当代经典的短篇小说,三十五年之后的今天重读,依然令人耳目一新。《祭妻》在当时看来,绝对是山西文学乃至中国当代文学中的异数。虽然改革开放后,中国的大政方针由阶级斗争为纲转型为经济建设为纲,思想领域也吹起了清新之风,作家作品从歌颂和迎合逐渐走向反思和批判,但是由于文化素养和思想层面的限制,反思和批判多囿于世相和落后人物,对社会有深入思考和有人性批判的小说如同凤毛麟角,而《祭妻》就是难得的上升到人性层面的小说作品,并且,它把社会和时代对人的戕害,用高超的艺术手段和日常化的手法进行剖析和呈现。也使我们看到,作家张平从开始写作就奠定了大作家的格局。

三十五年来对张平早期作品的评论多多,误读也多多,许多评论都把他的《祭妻》和《姐姐》总结为哀怨、凄楚的笔调，只局限于故事本身，而没有看到作家在故事背后的激愤的眼睛、流血的心灵和颤抖的手，要知道，他不是告状的杨三姐，他是为人的命运歌哭的斗士。在《祭妻》这部作品里我们看到，在那个家庭成分决定人的命运的时代，出身富农的姑娘兰子，嫁给了贫雇农赵大大，从而使这个两代五条光棍的破败家庭渐渐焕发出生机，她爱着丈夫，替他分担着生活，孝敬老的照顾小的，用女人的柔情和韧劲让负债累累的穷光景也红火起来，一家子都有了个人样儿。但是好景不长，"文革"开始了，因为兰子的富农出身，赵大大的入党和弟弟们的入伍、学习、当红小兵都被搁浅了，这个家庭因此对兰子从感恩转化为抱怨和冷漠。兰子哥哥被抓了起来，她想去看望哥哥，竟遭遇了丈夫的反对和殴打。兰子坚持要去看望病重的哥哥，赵大大却趁机提出了离婚。兰子走了，弟兄几个都如愿入党、参军、学习了，后来，赵大大又娶了一个标致的新媳妇，几乎同时，兰子却孤苦伶仃地死去了。新媳妇芳芳年轻、任性，赵大大兄弟们哪里能从她那里得到兰子那样的温情和关爱，她怀孕了，撒娇要吃酸的，赵大大才猛醒当年兰子也偷偷地吃酸杏，——兰子竟然是怀着孩子孤独地离去、凄惨地死去的。赵大大的良知和情感受到了煎熬，他悔恨交加，一个人在清明时节给兰子去上坟，可是，他能弥补自己的过错么，他的泪水对能告慰兰子的在天之灵吗？不能，因为赵大大是不可能对抗那个时代的，他注定要牺牲兰子去迎合社会，兰子的命运是不可逆转的，她可以不死，但她肯定不能好好地活着。

人的命运，在时代和社会的铜墙铁壁面前，比一颗鸡蛋还要脆弱。但控诉不是小说，控诉也没有艺术的力量，所以作者同时对人性的扭曲进行了翻来覆去的审视、剖析和批判，他绵里藏针，同时又悲天悯人，用区区数千字完成了一部反思时代、刻画人性的大作品，在当时独树一帜，三十五年后再读，依然具有思想和艺术上的巨大力量。而作家惜字如金的凝练叙述，展示了深厚的语言功力，不难看出，他有着丰厚的生活阅历，刻骨铭心的生命体验和敏锐而深刻的思想力量，正是这些，让《祭妻》《姐姐》成为中国当代文学的名篇佳作，并且不会过时和陈旧，也使我们知道，一个优秀的作家，他的思想对象不是文学本身，而是社会问题和人性根源。张平后来的一系列作品，正是遵循着他的这种思想基础和人文情怀，他的创作指向是改良社会、引导人性，这也是古今中外很多大作家的创作目的。

具备提出问题并且解决问题的思想力量

在当代作家里，张平是一位很难归类的作家，他是山西作家，却没有走"山药蛋派"的路子；他在20世纪80年代成名，却往往不被划分到"晋军崛起"的代表作家里；他的长篇小说《抉择》获得茅盾文学奖，《国家干部》直面中国政治生态，却没有被归入"官场小说"。他在当代中国作家里是特殊的"这一个"。我最初读张平，是因为当年看了根据他的同名小说《天网》改编的电影，农民家庭的出身使我对《天网》的故事和人物感同身受，因此买来原著阅读。张平在这部长篇小说的叙述里带着强烈的感情，他单刀直入，描摹刻画直接有力，把报告文学手法和小说艺术进行了"强强联手"。再后来阅读《抉择》，对他驾驭宏大场面、刻画人物心理的能力感到震惊，在这方面，他像巴尔扎克一样下足了笨功夫。更不可思议的是作为一位作家，他对政治敏锐的把握和深刻的洞察力。就在《抉择》获得茅盾文学奖的前后，被张平点燃的"反腐小说"的烈焰在文学界熊熊燃烧，类似作品层出不穷，但那些跟风的作品，用"反腐"两个字足以概括，只有张平，他掌握着所有此类小说的社会意义和文学高度，他不同于一般的作家，具备提出问题并且解决问题的思想力量。

张平成名很早，《姐姐》《祭妻》获得全国第七届优秀短篇小说奖，后来他突然转型，写出了《天网》《法撼汾西》，开始直面现实，塑造清官，呼唤正义，以至于有很长的一个时期，老百姓有冤情都来找张平申诉。后来他又写出了《十面埋伏》《抉择》，后者获得了第五届茅盾文学奖。张平的作品都很畅销，他没有沉迷在小说艺术的象牙塔里，也没有逃避作家对社会问题秉笔直书的正义感和责任感，以文学的良知获取了读者的喜爱。我至今记得观看他的作品改编的电影《孤儿泪》时，所有的观众都举着纸巾和手绢的感人情景。他的长篇小说《凶犯》，从题目到结构都非常具有现代性，具有高品质的文学追求，而它却是对中国的法制进程发言，体现出一个作家高超的文学才情和赤诚的人民情怀。

张平最新的长篇小说是《国家干部》，从这部作品开始，他对执政党的干部有了自己的理想化的塑造。经过上述系统的阅读，尤其是对《凶犯》和《国家干部》的阅读，我发现，张平是无法模仿的，他根本就是一个大于作家意义上的作家。无论是"反腐"还是"官场"都无法定义他的创作，他是一个俯察社会又积极思考社会试图改良社会的作家，一个关注政治又有前瞻性的政治理想的作家，一个心系民生又深知疾苦根源的作家。《国家干部》里描写的常务副市长夏中民，是一个用"一连串的小故事"塑造的人物，"人物就在这些小故事里贯穿着，作者就通过这些小故事，把人物的性格、活动，具体地表现了出来。"（丁玲语）这个人物，寄托着张平的政治理想，他呕心沥血，一身正气，热爱人民，坚持党性，不随波逐流，不同流合污，刚直不阿，永不言败。这个人物从始至终让人感到活得很累，可想而知张平写得更累，因为解决70万字的小说里数以百计的大大小小的难题的是作家自己，是张平在替夏中民当这个市长。某种程度上《国家干部》为国家干部们提供着执政的蓝图和范本，一个作家写出这样的作品来，简直不可想象。我起初认为张平是在图解自己的政治理想，后来逐步了解了社会政治现状，才明白了张平的良苦用心：在一种弊病已经成为风气的时代，再深刻的剖析和鞭挞，也不如树立一个理想的人物，用榜样的力量来感召尽量多的人。张平的贡献，同样是高于政治和他的作品的，他对改良社会环境所起的无形作用，远远高于一个纯粹意义上的优秀作家。他塑造的是一个理想化的干部，着眼的却是国家民族的前途。

关注政治、反映现实、关心民生，向时代发言，是一个大作家能称"大"的重要品质，张平是这样，鲁迅和赵树理也是这样。鲁迅不用说了，赵树理曾这样阐述过自己的创作主张："老百姓看得懂，政治上起作用！"冷眼看这几十年我们的作家对风格流派的热衷和对国家命运人民疾苦的漠视，实在是应该好好地补一课。作家是文学作品的生产者，是写书的人，同时也是必然的阅读者，没有丰富而深入的阅读，不完成和经典的对话，成不了好作家。然而读书之外，另一个同样重要的方面是阅世，是阅读现实，是参与现实、关注政治，是从文字游戏和个人情绪里解脱出来，让作品具有超越艺术的力量；是要超越作家，向人类思想家的高度企及。

《国家干部》超越小说文本而闪烁着思想华彩

在张平的作品中，可以看到一般作家也许从来没有关注过、思考过，或者干脆觉得与作家无关的东西，这些东西就是政治、就是现实，是从政治高度俯瞰的社会画卷和现实深度挖掘出来的社会问题。这些东西，其实在古今中外的大师们的伟大作品里也是主题或者主线，只是因为它们成为历史，因为在时空上成为过去，从而让艺术掩盖了，政治成了故事，现实成了历史，它们被时间酿造，成为文学的美酒。只有对照传记，我们才会发现，古今中外的文学大师在他所在的那个时代，都在直接或间接参与着政治，正面或侧面研究和摹写着现实，为此他们革新、变法、革命，他们被驱逐、被贬谪、被迫害，他们流亡，他们上书，他们著述。比如革命和流亡的雨果，比如变法革新的王安石和柳宗元，他们作为政治家、思想家的光芒和他们关注现实、关注政治的皇皇巨著一样耀眼。而我们却习惯于仅仅用文学的眼光去阅读他们，这显然是片面的。先不说国外，其实中华的文学主流一直是关注政治、关注现实的，是"文以载道"的，从屈原到鲁迅，都是如此，只是到了当代，当社会经济结构的变革带来价值观念的多元化或曰混乱的同时，作家们也开始急流勇退，把文学抬到了象牙塔里供奉了起来，对政治的疏远和对社会的漠视，造成了作家现实精神的缺失。正是在这个时候，张平从象牙塔里走了出来，从为民请命到关注法制化，从关注民生到关注政治，从《天网》到《国家干部》，张平完成了从单纯的作家向着政治家、思想家的高度迈进。

从《天网》到《国家干部》，张平一路扬弃着小说里披着纯文学外衣的惰性和累赘，他把语言调试到最简洁、最直接的程度，只追求表达和力量；他越来越把微观的叙述感觉变为宏观的结构设置，这种设置正是艺术上的匠心独运，它借鉴了报告文学的真实可信、直接渲染，借鉴了中国古典小说的话本结构和可读性，也借鉴了西方现实主义巨著的铺陈和辩论魅力。如果说《天网》文本里的亮点还是事件的选择和矛盾的设置，那么到了《国家干部》，同样精巧聪明的矛盾设置，已经被小说里宏大的叙述、浩大的信息量、一泻千里的对白和思辨的巨大魅力所淹没，作为一位作家，张平的政治辨析力、思想深度和广度，他对官场的透视，对权谋文化的描摹，比现实还真实的情节描写，达到令人难以置信的程度。在对这部70万字的巨著的阅读过程中，我几度忘却是在阅读一部文学作品，而恍惚置身真实的风云激荡的政治旋涡之中，眼前是清官的壮志难酬、举步维艰，是政客的诡诈和凶残，是触目惊心的贫困和挣扎，是让人眼里喷血的腐败和权术，每一个市、区、县、乡镇和村的具体问题、矛盾，各种数字，每一个事件的处理过程、细节，都那样真实，那样有说服力，那些揪着当事者的心的东西，也紧紧地揪着读者的心。张平所塑造的现实，是比现实更典型和激烈的现实；张平所阐述的理论，是从不同角度出发全方位的雄辩；张平的小说，是超越小说文本的闪烁着思想华彩的论著。从单纯的小说艺术上说，张平的小说达到了去伪存真、天然去雕饰的境界，结构上，他仿佛匠心独运，又仿佛师法自然，仿佛精心设置，又仿佛无招无式；叙述语言平实直白却暗含千钧之力，对情节的推进一浪赶着一浪，整个故事的推进是一个大潮压过一个大潮。从文本意义上说，《国家干部》昭示着张平已经完成了自己的叙事风格的创立，这种风格是张平小说所独有的，张平式的叙事风格，这种鲜明的风格我们无法去学习，但我们可以学习他对政治的理想和对现实的思考，学习他对人民利益高度的关注和关照，学习他关心家国命运的情怀，学习他旗帜鲜明的批判精神。

与东西方的古典名著相比，比如《官场现形记》和《人间喜剧》，《国家干部》作为一部小说，少了对世情世态表面的详尽描画，多了矛盾的激化和深层的辨析，张平像一只杜鹃，一声一口血，一字一行泪，通过小说里的人物的对白和独白，通过画外音手法，执着地寻找着解决问题的途径和方法，他是一位作家，更是时代进步的推动者。张平的一系列的作品都有一个主题，为了广大人民群众的利益着想，为了老百姓的根本利益，他是当之无愧的人民作家，这也是他跟当代其他写官场作家的根本区别。

当许多作家只能为批评家写作，当他们的作品只有文学圈子阅读的时候，张平的小说却拥有各个阶层的狂热读者，我知道许多人不只是着迷于他的小说的悬念和快感，更着迷于他小说里体现的政治关怀和忧患意识。我更觉得张平是"作家之外的作家"，他并不关心那些大家趋之若鹜的东西，比如诺贝尔文学奖，他能透过文学的迷雾看到政治的核心，因此他是清醒的，张平关心的是政治、是现实、是国计、是民生，他的胸怀和思想，是超越文学的，是超越作家的，比起热衷于个人的文学荣誉，他更热衷于呼唤法制、公平和良知。

文学上有过很多流派和主义，但最前卫、最先锋的还是现实主义，因为它要表现或解决的是人的精神困境和生存困境的问题，还有什么艺术探索比这更前瞻呢？在张平身上，我们看到的是作家的使命感，对唤起良知、启迪人性、改良社会的热情和理想。这样的精神和执着，是孤决和矢志不移的。左拉说："从来没有人把想象派在巴尔扎克和司汤达的头上。人们总是谈论他们巨大的观察力和分析力;他们伟大,因为他们描绘了他们的时代,而不是因为他们杜撰了一些故事。"这个判断,同样可以概括张平的文学情怀和作品高度。

三十年河西,三十年河东

——且话"晋军"与"陕军"

20个世纪的80年代和90年代,山西以成一、李锐、张平为代表的作家群,和陕西以陈忠实、贾平凹、高建群为代表的作家群,先后经历了一个创作的高峰期:80年代,成一的作品《顶凌下种》、张平的作品《姐姐》先后获得全国优秀短篇小说奖,李锐推出《厚土》系列短篇小说,同代山西作家也佳作迭出,频频获奖,经《当代》杂志推出"山西作家作品专号"后,被文坛和评论界誉为"晋军崛起";90年代,陈忠实完成长篇巨著《白鹿原》,贾平凹出版《废都》,高建群推出《最后一个匈奴》,与另外两位陕西作家的长篇一起在京出版,并称"五虎将",是为"陕军东征"。这是历史。

现在,"晋军"和"陕军"的代表人物,即执牛耳者,依然是当年那几位。作为当代中国的重要作家,他们都有新的贡献。成一继晋商传奇《白银谷》之后,2009年又由作家出版社推出长篇新作《茶道青红》;李锐《银城故事》之后,又陆续推出"农具"系列短篇小说,2012年《张马丁的第八天》横空出世,把李氏风格的长篇更加推向了极致;张平长篇等身,《抉择》获得第五届茅盾文学奖,之后的巨著《国家干部》直面社会、引领时代。"陕军"方面,陈忠实动静不大,但《白鹿原》却屡屡再版,堪比新书,贾平凹却很有规律地每隔两年出本长篇,直到《秦腔》获得第六届茅盾文学奖之后,依然有《古炉》《带灯》《老生》相继匀速出版。高建群自《最后一个匈奴》后,沉寂多年,2009年出版长篇新作《大平原》。

这样看,无论从作品量还是从获奖来衡量,都是半斤八两,似在伯仲之间。仔细阅读作品,辅以在读者中的影响力和知名度参考,会有一个感觉:"晋军"追求艺术品格,面向文坛,而"陕军"稍嫌粗鄙,却更深入人心。这样笼统地进行比较,是一个总体的阅读印象,要说明的一个问题是:陈忠实、贾平凹在文坛和读者中的影响力日渐重要,声名日隆,而"晋军"除张平外,始终没有真正甩脱"纯文学"的情结,市场和读者都不能与"陕军"抗衡。实在地讲,成一、李锐的理论修养和艺术追求要稍高于陈忠实和贾平凹,但现实的情况是,陈忠实和贾平凹已经被评论界和读者一起认定为大作家了,市场号召力也越来越大,而且必须承认,他们头上已经开始升起神圣的光环。这是一件很有意思的事情,值得更加细致地研究和分析。

这就需要从头说起,先说共同点,共同点只有一个,那就是"晋军""陕军"都被冠以"军",大概这是因为陕西和山西都是革命传统深厚的根据地和老区,要表示一个集体的力量,就要拿军队行伍来比喻吧。这是闲话,且不说,若要真正从头说起,恐怕要从赵树理和柳青说起，不管作家们自己承认不承认，文坛和外界都认定，山西的文学象征人物是赵树理，而陕西的文学象征人物就是柳青。赵树理有《小二黑结婚》《三里湾》，柳青有《创业史》。但是这显然不对路，如果你阅读过赵树理和柳青，也阅读过"晋军"和"陕军"的作品，不难发现，似乎在各自的传承上都有所错位：陕西的陈忠实、贾平凹走的是赵树理的路子，而成一、李锐的作品自始至终和柳青小说的诗意与讲究如出一辙。陈忠实自己在专著《寻找自己的句子——〈白鹿原〉创作手记》里也说，他是读了赵树理的小说才学着写小说的。这就更有意思了，不得不从作家一开始的作品开始进行比较分析了。

都说短篇小说最能体现小说的艺术，而长篇小说则重故事，不是那么讲究。"晋军"的成一、张平是靠短篇小说获得全国优秀短篇小说奖出名的，李锐也是靠一系列的短篇小说产生的影响，按照当时的艺术标准，他们无疑都是一流的小说家，而他们能操作了短篇小说这种精致的艺术，还有一个原因就是他们都是"知青"，换言之，相对于当时全民的教育水平来说，他们就是知识分子，——这里不是要说身份，而是要说他们所受的相对良好、相对全面的教育，使他们的学养和艺术观念明显高于当时的农村出身的文学爱好者，或者说，他们是懂艺术而有艺术之为艺术的感觉的。打个比方，他们觉得写小说和画油画同样都是艺术。那么，不同的是，"陕军"的陈忠实、贾平凹、高建群，虽然在短篇小说创作上也成果丰硕，但他们真正获得名声的是《浮躁》《废都》《白鹿原》《最后一个匈奴》，都是长篇小说，而长篇小说是以命运感和历史感为要旨的。擅长操作小说体裁的不同，依然是由作家本身的文化性质决定的，高建群我不清楚，陈忠实和贾平凹显然都是农民作家，我不是要在这里说什么鄙视农民的话——我父亲就曾是一个农民作家——我要说的是在陈忠实和贾平凹的骨子里，是农村文化影响下的农村知识分子，虽然他们也上过大学，但是从根本上说，在农村那样的大环境和氛围里长大，必然奠定他们从农民角度出发的文化眼光和文学观念。陈忠实和贾平凹涉及创作的文章或者访谈里，文学青年的发表情结根深蒂固，他们会为谈起某部作品的发表而欣喜，而在成一、李锐的文章和访谈里，相对平静多了，他们是在谈真正的文学艺术。把文学看成一种情结还是一门艺术，这，就是他们真正的不同。

对比"晋军"和"陕军"的不同，不是为了一分高下，目的是从他们的差别里，得到一个同样写小说的人自己的判断，形成自己的观念：文学真正是为了什么？作家到底要干什么？小说该是什么样子的？创作是个性的创造，作家要有自己的文学观、作家观、小说观。在比较中思考，用思考服务于创作。比如说，我在这里说陈忠实和贾平凹不是文学意义上的作家，就艺术来讲，他们明显比不上成一、李锐。但话说回来，小说是给谁看的？评论家还是读者？小说要让谁承认，文坛还是市场？如果都选后者的话，成一的《白银谷》《茶道青红》、李锐的《银城故事》《张马丁的第八天》，明显不如陈忠实的《白鹿原》和贾平凹的《废都》《秦腔》《古炉》《带灯》《老生》影响力大、读者面广，纵然"晋军"的作品借助了影视改编，就文学书来说，还是卖不过"陕军"的书。而且有意思的是，这种读者和市场的巨大效应，反过来是会影响文坛和批评家的判断的，不信，你去看前几年解禁出版的《废都》，那些当年写文章骂过贾平凹和这本书的评论家们，不是也堂而皇之地把几篇好评堆在正文前面"代序"了吗？既然读者不嫌弃"陕军"的作品粗鄙化，评论家们慢慢就不嫌硌牙了。

就文学之于时代和社会的功用来说，"晋军"的张平和"陕军"的贾平凹都有这样的意识和能力，张平自《天网》《法撼汾西》起，一腔热血秉笔直书，连续有《天狗》《孤儿泪》《十面埋伏》《抉择》《国家干部》出版，因为作品巨大的社会轰动效应和走俏市场，评论界一度不把张平的作品当作严肃文学作品来讨论，甚至冷眼旁观，但是张平实在是摒弃了严肃文学的形式而抓住了文学艺术的形象核心，你看他苦心孤诣塑造的那些个人物，哪一个不是为了引领大众在这个喧嚣浮华、道德沦丧的社会中向善、向美、坚持公平和正义？张平的志向是要用文学形象来改良社会、引领正气，他身上有着超越作家的大智慧和大抱负。一个优秀的作家，他的思想对象不是文学本身，而是社会问题和人性根源。张平后来的一系列作品，正是遵循着他的这个思想基础和人文情怀，这也是古今中外很多大作家创作的目的所在。同样，贾平凹作为作家的过人之处，在于他对时代脉搏的准确把握和对社会发展进程中人的精神状况的传神反映。以《浮躁》和《废都》为例，这两部作品的价值在哪里呢？我认为不是文学价值，而是社会价值。《浮躁》反映的是20世纪70年代末80年代初，国家从以阶级斗争为纲，向经济建设为纲转向的历史关头，人民的思想矛盾和精神状况，作品代表性地展现了中国人在这个转变过程当中的"浮躁"心态；同样，《废都》展现的是20世纪90年代初期国家从计划经济向商品经济转型的过程中，人们的价值观多元、扭曲，和由此而造成的精神信仰的缺失，灵魂丧失皈依感，整个社会陷入彷徨、低迷、消极、享乐的境地，在这样的社会氛围中，知识分子出现了和明朝某个时期一样的处世姿态，一种"末世情怀"，因此贾平凹就敏感地体察到，并且仿照《金瓶梅》写了《废都》。至于他在《秦腔》之后的几部作品，则明显过于率性和自由，不管不顾，其形式和思想都开始无视文学艺术规律，这是好事还是坏事，已经不是我的能力能判断得了的了。

　　问题是，尽管"晋军"和"陕军"都有不足之处，但他们依然是中国小说的中坚人物，晋陕两省还没有一批后起之秀足以取代他们。这才是最严重的问题，这个问题有待新的大作家、大作品的出现来解决。以冲击茅奖的情况来看，在第七届茅盾文学奖评选中，"晋军"成一的《白银谷》和李锐的《银城故事》入围前二十名；而"陕军"的贾平凹《秦腔》最终获奖。第八届茅奖评选中，"晋军"老将成一的《茶道青红》和青年作家李骏虎的《母系氏家》首轮入围，之后双双折戟；而"陕军"高建群的《大平原》同样没能进入最后二十部提名作品。不过，相对来说，山西自张平担任作协主席以来的十年间，一批中青年作家虽然风格各异，但是队伍整齐壮大，在全国都渐成气候，"60后"里有与"晋军"一代齐名的吕新、张锐锋，后起之秀如葛水平、王保忠、韩思中等，更有在科幻文学领域异军突起、享誉世界的刘慈欣；"70后"有获得"鲁奖"的李骏虎，以及李燕蓉、杨遥、小岸等；"80后"有在各大名刊频频露面的手指、孙频、陈克海等，更有堪与韩寒、郭敬明平分秋色的李锐、蒋韵之女笛安；2010年代以来尤其女作家引人注目，葛水平出版了《裸地》、陈亚珍出版了《羊哭了猪笑了蚂蚁病了》，"80后"的孙频的中篇小说更是势不可挡；《母系氏家》之后，李骏虎也在2014、2015年之交几乎同时出版两部长篇小说：表现抗日民族统一战线形成历史的《中国战场之共赴国难》和表现乡村文明在市场经济冲击下最终湮灭的《众生之路》。而陕西方面，却仿佛被路遥、陈忠实、贾平凹这三棵大树拔尽了风水，其他优秀作家叶广芩、冯积岐、吴克敬、老村也都是20世纪50年代生人，60年代之后出生的作家里，除红柯佳作不断之外，"70后""80后"可以说没有什么在全国有影响的作家，陕西作协这两年虽然频频出招，再次率领青年作家"进京",但多少有"拔苗助长"之嫌,还看不到山西那样整齐的"70后""80后"好队伍、好势头。也许真是"三十年河西,三十年河东",该是山西文学的大时代来临了。

在中国背景下写作的"70后"

作家写作是有着自己的独特个性和风格的,所以我向来反对说谁谁是某代作家的代表的说法,但是不可否认同一代际的作家因为时代氛围、社会风气、成长环境、文化教育等方面的一致性,导致价值观念和文学理念的趋同,所以造成的结果是创作上的优点各有千秋,而缺点却几乎是同样的。

以"70后"作家为例,在我们开始学习写作的时候,接连受到来自"50后""60后"前辈作家各种文学思潮、流派、理念的冲击,以及由他们同时代的翻译家引进的国外"二手"文学思潮的影响,但是从时间上来说都不够相对长久,可以说乱花过眼、稍纵即逝。在这样的潜在引导下,"70后"作家群体几乎都是读着卡夫卡、博尔赫斯、马尔克斯、福克纳走向成熟的,这使得"70后"作家的作品出现了惊人的同质性,有时候一篇小说遮住作者的名字说是谁写的都很像，同时也导致了"70后"的创作的"唯文学化""圈子化"的问题；另一方面，虽然"70后"成长在和平稳定的时代，但是经历的时代变革、科技创新、观念更新是相对"50后""60后"更加频繁的，这也使得"70后"作家没有足够长的时间去体验和把握时代的特质，失去了对社会生活、大众观念、时代走向的准确而独到的把握，不得已向着书斋退却，文学技巧上相对于"50后"作家有明显超越，但却无法在作品中建构和时代相对应的精神体系，失去了"50后"作家对中国乡土社会的全方位表现能力，和"60后"作家具有的启蒙性和反思能力。以上两种原因，使得"70后"的文学创作圈子化、"纯文学"化较为严重，作品失去了对社会和读者应有的影响力。

作为一名"70后"作家，我大概在十年前开始意识到这个问题的严重性，要解决这个问题，写出具有文学和社会双重意义的厚重作品来，使之产生最大范围和较为深远的影响力，还是要回归到自己是一名中国作家的定位上来。这是一个很容易被忘却的定位，也是一个根本的定位。因为无论阅读了多少国外文学经典，都无法改变我们是一个中国作家的事实，也无法改变我们的作品写的是中国的人和事的事实，我们是在中国的背景下写作，这是我们作为作家的伦理基础。

首先，我们是在中国的人文背景下写作。无论作为作者还是我们的作品所要塑造的人物，血脉里流淌的都是与之相密切联系的文明印迹，对中国人精神影响深远的儒释道结合的文化观念，漫长的封建社会和百年来的革命风云，以及几十年来意识形态和经济结构的发展变革造成的影响，在这样的历史人文背景之下的中国作家和他们笔下的人物的伦理观、价值观、人生观都是打着深深的中国烙印的，纵然国外经典小说表现了多少种类的人类精神问题、共同人性问题，那些问题即使是有人类高度的，也无法替代在中国的人文背景之下形成的独特人格、内在与表现。文学上更要表现和强调这些区别，况且从文学传统上来看，这种区别也是显著存在的，比如说西方小说的着眼点往往是在"人性"，而中国小说的着眼点在"世道人心"，这是在不同的人文背景之下应运而生、自然形成的，我们要清楚地看到这种区别，才能使我们的作品无论借鉴了多少国外经典，最终写的还是中国小说。有很多大作家很好地掌握了这个度，比如莫言，他曾经说过只读了几页马尔克斯的《百年孤独》，自己的写作马上就"打开"了，就是因为他从马尔克斯、福克纳那里得到了提醒，明白了小说还可以这样写，然后回归了自己生于斯长于斯的熟悉的土地，回归了自己的人文传统，调动作为一个中国作家的储备，才能写出那样汪洋恣肆却与马尔克斯和福克纳作品有着本质区别的作品，而不是像有些"70后"作家那样，永远走不出国外经典的阴影，一直在模仿，从未有超越。

我大概在2005年之后开始回归乡土写作，完成了《前面就是麦季》《五福临门》等一系列的中篇小说和长篇小说《母系氏家》，又在2011年之后开始涉猎抗战题材的小说创作，完成了《弃城》《刀客前传》《银元》等一系列中短篇小说和长篇小说《中国战场之共赴国难》，就是有意识地向乡土传统寻根和廓清一段中国历史，把自己的创作置于中国人文背景之下。虽然没有写出优秀的作品，相对于自己过去的创作还是有一些改变，《前面就是麦季》获得了第五届鲁迅文学奖，而《中国战场之共赴国难》产生了一定的社会影响。

其次是在中国的时代背景下写作。这是"70后"作家普遍回避的一个难题，但它却是一个作家最应该解决的常识常理的基础问题。有一个令人担忧的现象是，无论社会和时代如何变迁，和有些作家几乎不产生任何的关系，国家由计划经济向商品经济转型了，和他关系不大；职工下岗了，和他关系不大；农业税免除了，和他没有关系；高压反腐了，也和他没有关系。作为一个作家，和社会时代的变迁不产生关系，或者说不了解时代变迁，这是一件多么可怕的事情。再比如"十八大"以来逐步推行的深化改革，涉及中国社会的各个层面、各行各业，作为一个作家，你可以对它的具体内容不关心、不了解，但改革对生产方式、社会生活、经济理念以及人的谋生方式、精神世界、价值观念造成的影响，是作家应该感兴趣和能够深入了解、准确把握的，否则你的作品就无法表现作家本人和笔下人物的内心世界与身处环境的矛盾性，也无法表现当下社会人民的精神状况。一部文学作品和同时代的人们的精神状况、生存环境、利益诉求都没有关系，或者说涉及这些问题时只是隔靴搔痒，自然不会产生影响力，即使从纯文学的角度来看，也无法形成和承载思想性，难免是单薄和没有价值的。

《母系氏家》之后，我看到在工业文明对传统农耕文明的冲击之下，乡村世界和乡村人物命运的巨大改变，创作了长篇小说《众生之路》，涉及基层民主选举、土地政策等问题，得到了社会的关注。作家朋友们大都认为文学性更强的《母系氏家》比《众生之路》要好一些，但社会上的评价却正好相反，从行政官员到普通读者都认为《众生之路》更有分量，因为后者展示了中国社会近三十年来的变迁历史，他们从中找到了共鸣和抚慰。这给了我很多启示，也更加坚定了我在中国的时代背景下写作的信心。

去年在《世界文学》杂志上读到越南一个"70后"女作家的中篇小说，写的是一个女孩和父亲的渔民生活，把越南渔乡的传统观念、风俗人情、自然环境、人内心的苦乐都表现了出来，很好读，同时具有经典品质，要比中国同时代很多作家的小说有质感，更加丰富、深刻。能否出现优秀的作家和作品，跟国家的大小没有关系，只要作家能够忠实地在本国的人文和时代背景下写作，他就具备了写出经典作品的基础条件。

写作犹如布道

　　七月，应邀参加"全国知名作家看河北"活动，出家门时，从书柜里选了一本张平老师的《祭妻》，供旅途中阅读。这本作家出版社一九八六年版的绿皮小书，是我从太原南宫古玩市场的旧书摊淘来的，作为"二十一世纪文学之星丛书"的前身"文学新星丛书"，共收入他六部中短篇小说，之前除了两部名篇《祭妻》《姐姐》，其余四篇没有机缘拜读。这一路之上，连同胡正老的序言一并鉴赏，却使我闹中取静，在同行者的欢声笑语中独自经受着泪水的洗礼。这一本小书，一个小传，一个小序，六篇小说，处处从小处着眼，写的全是小人物，然而，透过小家庭这面棱镜，写尽了大社会问题，人的命运在那个时代的无奈和疼痛，亲人间永恒的爱和真情。心灵受到大震撼之余，我产生了对自己深深的不自信，对照当时同样是青年作家的张平老师，我至今仍然没有步入文学的正途，艺术上也没有进行过应有的深入开掘。许多年来，我一直在用心学习张平老师，他对社会和时代的关注，他对自己创作路子清晰的把握和调整，他做人的低调谦和，他仿佛从来没有秘密的大人物思维……我从写都市转笔写乡村，又尝试写历史，为写当下做准备，都是受他影响，虽因才力不逮而兜着圈子，有时也为这种自觉而沾沾自喜。然而现在看来，我只学到了形式，而更重要的内在，我却从未企及，甚至于内在的精神指向和文学最基础的要求，我都从未达标。虽然，写作二十年，做到了省作协副主席，我和当年刚起步就一步到位的张平老师，我的2013和他的1981之间，何止三十二年的文学差距！我得从头学起，提高自身修养和作品品质。

想起2011年春，参加中国作家代表团访问印度和尼泊尔，在佛陀的故乡蓝毗尼，置身被全世界的信徒用手指涂满金粉的宫殿遗址，聆听着乔达摩·悉达多王子发愿修行、参悟成佛的故事，我深深感到，作为一名作家，要提高自身的修养和作品品质，观察生活、体察众生的确是不二法门。作为王子的乔达摩·悉达多出城游历，在东南西北四座城门口，分别目睹了芸芸众生的生、老、病、死，心生大悲悯，于是决定放弃荣华富贵，去追求解脱众生疾苦的方法，他历经种种苦修而参悟成佛，在印度的鹿野苑向众生宣说妙法。佛的参悟，始于对生活的观察，佛的伟大，在于他的悲悯情怀，这与伟大的作家的追求是别无二至的，我们说托尔斯泰之所以伟大，是因为他对自己作品里所有的人物都具有悲悯的情怀，他和佛陀的追求都是让一切众生成就伟大的生命品质。

观察生活，见众生的生老病死而成就佛陀，同样，深入生活，体察大众的生存状况和精神追求，是作家提高自身修养和作品品质的重要渠道。写作犹如布道，胸怀对众生的悲悯，才能写出有命运感、有救赎情结的伟大作品来。佛陀的化身离世,法身却一直存在于经文和众生,对于作家来说,法身就是自己的作品,化身离世而法身不灭,就是经典了吧。

品 书 录
· PIN SHU LU ·

经典的背景

回望十九世纪中叶的欧洲文坛,浪漫主义开始走下坡路,现实主义正在抬头,引领人类精神脚步的大师们登高一呼风起云涌,对于有着文学雄心的青年作家们来说,压力和机遇并存。十九世纪六十年代,三十五岁的托尔斯泰准备创作《战争与和平》的时候,欧洲和俄罗斯浪漫主义、现实主义大师已经灿若星辰:雨果、普希金、果戈理、狄更斯、屠格涅夫等如日中天,如果他在创作中因循这些大师的道路,也可以成为优秀的作家,却难说会写出被恩格斯誉为"世界上最伟大的小说"的《战争与和平》。最初,托尔斯泰的想法只是想写一部关于四个大家族之间的关系纠葛的世情小说,就在主要人物和故事框架都构思成熟准备下笔时,托尔斯泰忽然心血来潮,想到应该为这部小说选取一个"历史背景",以便使自己的作品不落俗套,他想到了1812年俄国人民反抗拿破仑入侵莫斯科的卫国战争。这个念头一经产生就变得不可遏制,他想办法找来有关卫国战争历史的信件、手稿、报纸和书籍,埋头进行深入的研究,并且对仍健在的人进行了广泛的采访,有关亚历山大一世和拿破仑的历史让他深深着迷,他津津有味地研究他们和当时他们周围的人们的关系、性格,思考着让他虚构的人物去和他们见面、交谈,并为此激动不已。卫国战争最初只是作为小说的一个时代背景,然而在后来的创作中,作家却被这段历史强大的力量左右了,战争代替四大家族的纠葛成了主线,而那些原本四平八稳的人物皮埃尔、安德烈、娜塔莎、尼古拉等等,统统成了被战争主宰着命运走向的棋子,人物的命运成为历史这条波澜壮阔的大河上随波逐流的舟楫和浮木,强烈的历史感、命运感像风暴一样从"背景"里呼啸而出,席卷了一切,作品的格局也因此变得宏阔雄浑。四个贵族家庭里的人物,因为战争背景,脱离了纸醉金迷的庸常生活,变得出生入死、可歌可叹,化腐朽为神奇了。最终,托尔斯泰本人也因为这部巨著的创作,得出了他举世无二的历史观:历史的走向不是被战争伟人左右的,它是被自身一种神秘的潜在力量推动的。作家站到了现实主义的最高峰,他的思想和生活观念开始对人类生存的几个大洲都开始产生影响,人们不但把他的作品奉为经典,还在世界各地建立"托尔斯泰公社",学习他的生活方式和精神观念。

洋洋二百多万言的《战争与和平》,塑造了大大小小六百多位人物。试想,如此人物众多、工程浩大的一部巨著,创作是相当艰苦的,如果不是来自作为背景的历史的神秘力量的推动,长达七年的持续写作能够坚持下来是无法想象的。而之所以会形成这样一种局面,最终会产生这样一部被誉为人类历史上最伟大的现实主义巨著,一切都发端于托尔斯泰的那个设置历史背景的意识。

我为什么要在专栏的首篇就提出看似和小说技巧最不搭界的

"背景"呢？因为正像青年托尔斯泰所做的那样，给即将要动笔的作品选择和设置"历史背景"或者说"时代背景"，是有别于叙述、结构、语言等"技术"的可贵意识，它是一种匠心和理念，重要性甚至要高于小说的立意。一句话，恰当的背景设置，具有化腐朽为神奇的效果，它可以使一部原本可能被湮没的小说焕发出伟大的力量，脱胎换骨，成为经典。理念和技巧哪个更重要呢？当然是理念，理念是艺术的方向感，艺术感觉不对，再高明的小说技巧也不过是雕虫小技，不会产生有影响的大作品。相反，艺术感觉和小说理念对了，平实的叙述和简单的故事也能够产生佳作巨构，"故事愈是普通一般，便愈有典型性。"（左拉语）所以我在本专栏要说的几个有关小说艺术的话题，大都是理念层面上的。

当代中国小说思潮，自"先锋派"没落之后，因为"新写实""底层写作"等概念的提出和推动，发展到现在，很多作家尤其青年作家都把眼光盯在某一群体或者个体的生存状态、精神状况上，几乎挖遍了形形色色、三教九流的隐私生活和心理隐疾，看上去精彩纷呈，乱花渐欲迷人眼，似乎重新迎来现实主义甚至批判现实主义创作的高峰。但是廓清迷雾仔细审视掂量一番，又缺乏真正有思想力量和艺术品质的经典作品，真正是"有高原没高峰"。原因何在呢？比较一下"五四"新文学运动以来的代表作家作品，再有选择性地对比一下十九世纪以来欧洲包括苏俄的小说创作，就会发现，当代中国作家学会了把目光盯在"人"的身上，笔触着重在人的"故事"，而忽略或者说无力去表现人和故事发生的"时代背景"或者"历史背景"，——人的命运是时代或者历史造成的，有"背景"的小说写的就是人类的命运，就有命运感、有认同感，没有"背景"的小说只能是某个人或者一群人的人生故事而已，或许会有新奇感，却鲜有时代感、命运感。左拉在评价巴尔扎克和司汤达的时候说,"他们伟大,因为他们描绘了他们的时代,而不是因为他们杜撰了一些故事"。

没有时代感、命运感和认同感的小说,就是每年有一万部,还是出不来经典巨作。乱花渐欲迷人眼,没有奇葩也枉然。当然,给要创作的小说设置历史背景,并不是放之四海而皆准的真理,要看具体的题材而定,但这种看似技巧之外的意识,却可以拓展作家的思维限制,扩大作品的格局,——格局,对于作家和作品来说都是起决定作用的,我们赞扬一位作家的作品,现在大家都喜欢用"有野心"这个词组,——他有什么"野心"呢?这里是把贬义词当褒义词用,就是表扬他的作品是大作品的格局,有经典气象,作家本人有当大师的理想和追求。

说到底,任何张扬的说法,最终还是要靠朴素的实践落地。作为一名作家,尤其是小说家,要想使自己的作品有大格局、大气象,并不是时时憋着一口气就能实现的。我们研究经典,研究大师和大作家的作品,多少是能学习到一些基本的方法的,而通常情况下大作品所必备的条件之一,就是历史(时代)背景。从一开始有语文课,老师总会给我们讲到一个问题:这篇课文的时代背景是什么?——是什么呢?给对社会和时代没有任何概念的娃娃们讲这个问题,当然是对牛弹琴。但是现在回头想想,这个问题在创作实践中其实是非常重要的,历史感、命运感、纵深感都来自于时代背景。可以说,时代背景不仅仅是人物行动的舞台,也是人物思想的背景。优秀的作家,对它的选择总是慎之又慎的。同时,有时代背景意识的作家,在任何时代都是出类拔萃的。获茅盾文学奖的作家张平,其早期的代表作《姐姐》和《祭妻》也是在很年轻的时候写的,之所以能一开始写作就获得全国优秀短篇小说奖,正是因为他用历史背景奠定了作品的大格局。我们看到,在那个家庭成分决定人的命运的时代，出身富农的姑娘兰子，嫁给了贫雇农赵大大，从而使这个两代五条光棍的破败家庭渐渐焕发出生机，她爱着丈夫，替他分担着生活，孝敬老的照顾小的，用女人的柔情和韧劲让负债累累的穷光景也红火起来，一家子都有了个人样儿。但是好景不长，"文革"开始了，因为兰子的富农出身，赵大大的入党和弟弟们的入伍、学习、当红小兵都被搁浅了，这个家庭因此对兰子从感恩转化为抱怨和冷漠。兰子坚持要去看望病重被抓的哥哥，赵大大却趁机提出了离婚。兰子被迫离开这个家庭后，弟兄几个都如愿入党、参军、学习了，后来，赵大大又娶了一个标致的新媳妇，几乎同时，兰子却孤苦伶仃地死去了。

在不停变换的强大的时代背景作用下，我们看到，赵大大注定要牺牲兰子去迎合社会，兰子的命运是不可逆转的，她可以不死，但她肯定不能好好地活着。人的命运，在时代和社会的铜墙铁壁面前，比一颗鸡蛋还要脆弱。正是对历史的追问使得《祭妻》在当时独树一帜，三十年后再读，依然不减思想和艺术上的巨大力量。这里面除了对人性的鞭笞，和《战争与和平》异曲同工的就是在历史洪流的挟裹之下人物命运的无奈与悲歌，它刺激的是全社会整整一代人的痛感。

在中国当代的文学格局当中，陕西作家占着最重要的地位，比如路遥、陈忠实、贾平凹，可以说都是举足轻重的大作家。陈忠实只有一部长篇小说《白鹿原》，但是《白鹿原》却是公认的当代无法超越的经典，为什么呢？《白鹿原》为什么就有经典格局经典气象了呢？阅读《白鹿原》你会发现，这部作品用的是史诗格调，他拉开了时间、空间，把人物命运放到大的历史背景当中去表现，跟《百年孤独》一样，写的是家族史，展现的其实是民族史，因此陈忠实就比当代很多作家要宏大许多。这也与他的阅读经验有关，陈忠实对国外经典名著有丰富的阅读经验，西方文学的源头是《圣经》，是讲究史诗格局的。从这个意义上说，作家的背景意识也决定了自己的作品格局。

并非只在波澜壮阔的时代才有历史背景可取，稳定发展的时代就死水一潭，在大多数的情况下，由于题材的限定，对时代背景的选择是不能改变的，这时候就需要作家有意识、有能力去用作品反映时代特征，反过来用创作来判断和体现历史潮流，——这就要求作家具有超出作家这个职业的眼光和敏感。这样的作家凤毛麟角，他们的文笔未必一流，但具有一般作家所没有的异能，比如柯云路和贾平凹。柯云路的《新星》就具有预判时代潮流和社会变革走向的品质，但我更想用贾平凹为例来说明这个问题。如今贾平凹在中国文坛和读者中的声名可谓如日中天，他靠的是什么征服文坛和大众的呢？换言之，贾平凹的过人之处在哪里呢？我们看到，有些世界名著，艺术水准并不是一流，但它的影响巨大；而艺术水准极高的作品，却鲜为人知，这是什么原因呢？这就是作品是否反映时代特征，是否能体现人类文明或者社会发展的走向和潮流的问题。

我认为贾平凹作为作家的过人之处，就在于他对时代脉搏的准确把握和对社会发展进程中人的普遍精神状况的传神反映。以《浮躁》和《废都》为例，这两部作品的价值在哪里呢？我认为不是文学价值，而是历史沿革价值：《浮躁》反映的是20世纪70年代末80年代初，国家从以阶级斗争为纲向经济建设为纲转向的历史关头，人民的思想矛盾和精神状况，作品代表性地展现了中国人在这个转变过程当中的普遍"浮躁"心态；同样，《废都》展现的是20世纪90年代初期国家从计划经济向商品经济转型的过程中，人们的价值观多元、扭曲，和由此而造成的精神信仰的缺失，灵魂丧失皈依感，整个社会陷入彷徨、低迷、消极、享乐的境地，在这样的时代氛围中，知识分子出现了和明朝某个时期一样的处世姿态，一种"末世情怀"，因此贾平凹就敏感地体察到，并且仿照《金瓶梅》写了《废都》。贴着人物写，把人物命运放在时代发展的关口上去写，是贾平凹的长项，值得我们这些从事小说创作的人思考和借鉴。

这方面我在创作实践中也是有经验和教训的。2008年，《十月·长篇小说》第4期头题发表了我的长篇小说《母系氏家》，评论界和读者都指出了这部作品的成功和不足，成功之处是开了一个从风俗史和人的精神角度去描写乡村世界的先河，不足之处是历史背景过于淡化，时代感不足，导致人物的命运没有代表性，整部作品给人的印象是感染力有余而冲击力不够。这些都不是简单的修改所能解决的，因此在和陕西人民出版社签订了出版合同后，我决定用比较长的时间来进行历史背景的研究，然后重新写作。一部好的长篇小说，要把人物命运放到社会时代背景上去，既要把风云变幻写出来，也要把风土人情写出来。我回到故乡，对那个时代的当事人进行了细致走访，又用了三个月的时间来对历史背景进行补写，最终出版的《母系氏家》单行本是原来发表时篇幅的两倍。这部作品后来成为我的代表作，相继获得赵树理文学奖长篇小说奖和首届陕西图书奖，还得到了陈忠实老师的认可和赞誉，并且进入了第八届茅盾文学奖的第三轮评选。试想，如果在创作之前就对那段历史的背景和史料进行深入采访、阅读和研究的话，格局会更加的清晰，历史背景和人物命运会更加水乳交融，艺术品质也不可同日而语。

作为深受"山药蛋派"影响的山西作家，我的写作从现实主义起步，但审视自己的创作和作品，依然有大的不满足，尤其是长篇作品，明显缺乏大作品不可或缺的历史背景，这个也是"七十年代"之后出生的年轻作家的通病。没有对历史的参照和思考，对现实的表现和关注就是无力的。《母系氏家》之后，我就有了寻找一段可表现和把握的历史的想法，通过廓清历史，形成自己的认知观念，并为创作和作品提供一个深远而强大的背景。同时通过对历史真实的探究和认知，形成历史观念和对现实的参照，有了这个参照，站在历史角度审视当下、反观时代和社会就会有一个质的变化。用历史眼光看当下，还是站在当下看当下，对一个作家的思想和创作来说都是两个概念，对于作家本身来说也是两种眼光和境界。一个作家，不了解一段历史，没写过一段历史，他的历史观是有缺陷的。我选择了一段与山西有密切关系而文学上鲜有表现的中国现代史：红军东征。红军长征达到陕北后，为了寻找革命的出路，中央制定的三大任务是"扩红、筹款、赤化"，如果围绕着这个主题来写，首先立意就过时了，而且显然忽略了当时大的历史背景。为了打开思路和格局，从2011年起，我用了两年时间进行历史人物资料尤其时代背景资料的搜集和研究，并在中国作协"定点办"和"扶持办"的帮助下，住到当年红军渡河的黄河渡口周边进行实地勘察和采访，慢慢地，那段历史风云和当时的世界格局在我眼前开始清晰起来，我看到，"九一八"之后，在东北沦陷、华北事变、中华民族面临亡国灭种的危急关头，在中共和毛泽东的领导下，中国人民红军抗日先锋军东征山西，把抗日的烽火燃遍三晋大地，掀起全国民众的抗日高潮；红军东征的同时，积极与张学良、杨虎城、阎锡山等军事势力进行谈判，最终实现了"停止内战，一致抗日"的北方阵线，主导了全国抗日民族统一战线的形成，而中国的抗日民族统一战线也成了世界反法西斯统一战线的先声。这一宏大历史背景，改变了我对小说的构思和格局，原本单一的战争线索，变成了战争（东征）线和政治（统战）线的并行、交织和相辅相成，而在这样的大背景下，我所要塑造的人物也更有使命感和思想深度，闪展腾挪的空间大为扩展。2014年，从春到秋，我用八个月时间完成了三十余万言的长篇小说《中国战场之共赴国难》，在创作的过程中，时时感受到来自历史深处的强大的力量的推动和左右，很多的情节、场景、对话，根本不需要想象，只要把人物置于历史背景之上，他的个性、思想、音容笑貌、言谈举止就呼之欲出，这是作者本身所不具有的力量。这样的创作实践和历史体验是愉悦的，我以此来向托翁致敬。

能够让小说产生质变的背景，除了历史背景，还有地理背景、人文背景等，它们的关系是密不可分的，比如刘醒龙获茅奖之前的作品《圣天门口》和获奖之后的重要作品《蟠虺》，都因为历史、地理和文化背景的合理设置而焕发夺目的艺术光彩。

任何历史都是当代史，表现一个宏大的历史背景和重塑历史人物，就是展现人类的命运，以及表现历史和当代的关系。历史背景是经典佳作的重要条件，却不是必然结果，我只是在提出和实践一种创作理念。相对于靠想象写作来说，对史料的选择和打通是要付出艰苦的努力的，从这个意义上来说，给作品设置背景不但是一种可贵的意识和理念，更是一种可敬的劳动。

梦是黑夜的水族馆

　　梦是黑夜的水族馆。空气里应当有它的鱼。鸟是空中的两栖动物。——吉里雅特这样想。

　　吉里雅特是格恩西岛上的渔夫，他是个孤儿，少言寡语，离群索居。他从不去教堂，却常常在沉思。他读伏尔泰的《老实人》，会用奇特的方法给邻居治病，他的脑子里装满了与自然和大海有关的知识。他告诉农夫们：如果六月不下雨，麦子变白，要担心线虫病；蛙出现，种甜瓜；胡爪鱼产卵，当心热病……如果按照他的建议去做，会有很好的效果。

　　但是没有人喜欢吉里雅特，邻居们都厌恶他。他本人的言行和他给他们的帮助让他们感到可怕，没有人相信他是一个人，他们都认为他是魔鬼的儿子，因为他告诉过他们：岩石也会唱歌。有人看见吉里雅特在大风浪的天气出海，他驾着小船对一些别人看不见的怪物喊着：走开，滚得远远的，我不怕你！最让邻居们不能忍受的是，他居然认为畜生比人高贵，他看见一位穷人打死了不听话的驴子，竟然冲上去打了人家一个耳光；他从辛辛苦苦刚从树上下来的孩子手里拿过有几只小鸟的鸟窝，狠毒地把它放回树上。于是大家都确信他是一个巫师，一位老妇人在早上唤鸟的时候，听到一些燕子在呼唤吉里雅特的名字；还有人在雷电交加的天气里看见一个人在红色的云层间飞行，他确信那就是吉里雅特。

如果邻居们能看到吉里雅特脑子里那些奇思妙想，他们会更加恐惧。

一天，吉里雅特坐在平静的海面上的小船里沉思，他发现一些水母类动物，它们在水面上好像柔软的水晶，丢进清澈透明的海水里，立刻就看不见了。因此他产生了遐想：既然在海水里生活着透明的生物，那同样透明的生物一样可能生活在空气中，像空气那样没有颜色的生物，在光线下会逃过我们的眼睛，但谁能证明它们不存在呢？用类比法可以知道，空气应当有它的鱼，就像大海有它的鱼一样。如果这个推断成立，许多事情都会得到解释。吉里雅特又想到，就像蛙是水里的两栖动物一样，鸟也是空气中的两栖动物。如果有可能把空气像池塘里的水一样抽干，一定会发现许多令人惊讶的生物。

吉里雅特是个古怪的观察家，他甚至观察睡眠，并幻想睡眠是人和大自然神秘的连接通道。肉体的眼闭上后，另外一些眼睛张开了，它们看见了那些我们在白天看不见的透明生物。那些混乱的形象、神秘的现象，就是我们叫作梦境的东西。它们跟我们一样，都是造物主的杰作，它们看着我们，就像我们看着空中的鸟和水里的鱼。它们幽灵似的在我们的身边升起或降下，与我们融合又分开，那些浮动的形体，比我们和看不见的真实更接近。梦是我们亲近自然的神秘通道,我们看到了另一些生命的存在和它们的生活,在这里,它们像鱼一样在黑夜的水里游弋。梦,是黑夜的水族馆。

吉里雅特是17世纪的一位青年渔夫,他是大海里优秀的水手,也是公众一致讨厌的人物。在雨果的《海上劳工》里,吉里雅特是个被公众厌弃和被认为很寂寞的一个人物,就像现在被我们厌弃和认为寂寞的那些人一样。更可气的是,我们共同拥有一个拥挤的世界,他们却可以一个人拥有另外一个世界。

爱，《简·爱》的爱

我不喜欢《简·爱》，太纠结了，这样全身心把灵魂都投入进去的爱法，女人也许会很享受，男人一定累死。但我喜欢"简妮特"，那个"像鳗鲡一样滑溜，像蔷薇一样多刺的人儿"，这样的女人同样吸引着我，我和罗切斯特有着共同的爱好，喜欢不是很美，但有点脾气的女子。你不能肯定她是不是爱你，纵然她的"脸颊和手都烧得发烫了"，你依然不敢相信，因此罗切斯特不无自嘲地对简说："你就是在上个月中像鳗鲡一样滑溜，像蔷薇一样多刺的人儿吗？我在哪儿都不能放下一个手指头，除非给刺痛；可是现在，我却仿佛抱着一只迷路的羔羊；你是从羊圈里出来找你的牧人的，是吗，简？"

简这样回答："先生，一切事物中你最像幻影，你不过是一个梦罢了。"

曾在亲情的缺失中受到长久而刻骨铭心的心灵伤害的简，对于爱情是没有把握的，一切美好的感情对于这个疯狂的"野鸟"来说，不过都是幻影和梦。当爱情填补了亲情的缺失，她变得平和了。其实世界上一切美好的感情都应该让我们感到心安理得。我不知道勃朗特写这部心灵史，是一种自慰还是布道，她把亲情和爱情都写成了苦修，然而，这部书只写了一个字，那就是"爱"，带着忏悔和感恩的爱。谁能说清楚爱人和被爱到底哪种更幸福更快乐一些呢？

这么多年后，我才发现翻译成《简·爱》这个书名简直太好了，太准确了。勃朗特不是单写爱情，她这个"爱"包含亲人之爱、爱情、人类的大爱，以及上帝之爱。爱人、爱己、被爱，缺一个成分都不叫爱。要纯粹把它当一部爱情小说看，就是没有读懂。

在离开孕育和发酵了他们的爱情的桑菲尔德的前夜，简这样问过罗切斯特："先生，你感到平静和快乐吗？"他不在时，她受不了，情绪失控，忽喜忽悲；但只要和他在一起，她感受到的就只是平静和快乐，她感受到的爱像温暖的牛奶一样浸泡着她的全身，而他的爱不过是其中的一部分，简感受到的爱，才是真正的《简·爱》。

现在我像喜欢简妮特一样喜欢这部书了。

用小说写成的竞选演说

——读略萨小说《夜行记》

读巴尔加斯·略萨的短篇小说《夜行记》(《拉丁美洲短篇小说选》中国青年出版社1983年7月版），让我想到两位作家，马克·吐温和鲁迅，一样的直接抨击黑暗的社会现状和为人民的苦难做抗争，但又不尽相同：马克·吐温是嬉笑怒骂皆成文章，用幽默来表现愤怒，用笑声来掩盖泪水，鲁迅是用更加文学化的艺术手段和诗意的笔调来描摹世相刻画人的精神，比如《阿Q正传》和《药》，但略萨不管这些，他把冷酷无情的世界和人类的丑恶直接复制展示给你看，告诉你什么是黑暗、苦难、残暴和不平等，他习惯于不遗余力地去描写和刻画这些东西，不追求文学和艺术，他要的是逼真和力量。

《夜行记》是略萨的长篇小说《胡利娅姨妈与作家》的第四章，但相对独立。这部长篇小说的特点是结构上单数章节是主线情节，叙述作者和他舅妈的妹妹恋爱和结婚的故事，双数章节则都是独立完整的短篇故事，反映当时秘鲁社会现状的各个侧面。《夜行记》反映的是种族歧视问题。主人公利图马警长是一位恪尽职守的好警官，他在隆冬的午夜巡逻，在港口的仓库里，偶然抓到了一个从非洲偷渡来的非洲黑人，并把赤身裸体的黑人带回警察分局。第二天，上级安排他把这个黑人带到垃圾场枪毙掉，罪名是企图偷盗和有伤风化，并准备让垃圾车把他的尸体捎到医学院，让学生去实习解剖。严格意义上说，这不是一部有艺术构思的小说作品，略萨讲的是一个现实故事，他平铺直叙，只是在讲述过程中把底层人民聚居地的肮脏、凶险，把社会的不安定和人民对警察的仇视，以及警察作为统治机器自身对工作的厌倦表现了出来。一句话，略萨摆出一个黑暗的现实来，要让民众对它反省和抗争。

与同样获得诺贝尔文学奖的哥伦比亚作家加西亚·马尔克斯的"魔幻现实主义"相反，略萨可以说是"批判现实主义作家"，他还被誉为"结构现实主义大师"，他从第一部揭露军校黑暗和弊病的作品《城市与狗》开始，之后的一系列作品《青楼》《幼兽》《"大教堂"咖啡馆里的谈话》《潘达雷昂上尉与劳军女郎》包括这部《胡利娅姨妈与作家》，都是反映秘鲁下层人民的生活和社会政治各个领域的黑暗与弊病的。他不是纯粹意义上的大作家，他是个英勇的斗士，并且参与过1990年的秘鲁总统竞选，惜败于阴险的日裔政客藤森。但略萨并不气馁，他依然用笔进行反独裁、反腐败的斗争，为秘鲁人民呼喊着自由与平等。因此，瑞典学院在揭晓诺贝尔奖时表示，要向略萨文学作品中"对权力结构和个体坚持、反叛与抗争鞭辟入里的形象刻画"致敬。

浅析赵树理的文学理想

我们要开《小二黑结婚》发表70周年纪念会,还有我们要持续研究赵树理,我个人认为应该是有两方面的作用:第一个是研究,研究赵树理以及赵树理的文学价值,包括史料、探佚、文献方面;再一个就是传承,传承赵树理的文学精神,我想简单地谈一点想法。

作为山西作家,作为一个后学晚辈,我一直认为,我们应该学习赵树理创作主张的那句话:"老百姓看得懂,政治上起作用。"

关于这句话,我谈谈个人的见解。一个故事、一部小说的形成,灵感的来源是非常重要的。《小二黑结婚》的故事原型是一个悲剧,但是后来能处理成现在这个样子,我个人认为不是外部的政治原因,而是赵树理在当时的思想状况之下,这样的一个悲剧触动了他,因此根据自己的艺术想法,写成了《小二黑结婚》。这是我从一个作家灵感来源的角度体会的一点看法。

再一个就是，为什么说这部作品还应该在"政治"上起作用？我个人认为其中还是赵树理的文学理想使然。在上一届"赵树理文学奖"颁奖会上，我以《我们和我们时代的关系》为题有过一次发言，当时我的观点就是：作家应该和他身处的时代产生关系，并在政治上起作用。——这里的"政治"指的并不是狭义的政治，而是说，一个作家，应该用他的作品宣扬一种社会理想，是对自己理想社会的一个看法，他的作品应该对时代进步有推动力，还要能起到移风易俗的作用。而这几个方面，《小二黑结婚》都做到了，这部作品迄今有20几种版本，可见其受欢迎的程度和社会影响力之大。正是这样一种艺术感染力量推动了当时的社会进步，引领了时代风潮，也实践了赵树理的文学理想，尤其是作品对移风易俗起到了很大的作用。

但是关于赵树理文学主张的传承，我个人认为，在山西，在"山药蛋派"五老之后，没有得到明显的传承，包括"晋军"一代，他们实际上更多的是倾向于文学艺术上的追求，也就是更多的得益于"五四"文学传统。对赵树理文学的传承，反而在陕西得到很明显的发扬——"老百姓喜欢看"，这一点贾平凹就做得非常好；还有陈忠实在他的有关《白鹿原》的创作谈中明确地提到："我是读过赵树理的小说之后开始创作的。"也就是说赵树理的文学主张没有在新时期的山西得到明显传承，反而是陕西两位非常优秀的作家很好地传承了下来，而且他们都获得了很大的成功。"政治上起作用"这一点，山西作家张平独领风骚，自《天网》到《国家干部》，他的每一部长篇都投射出深重的社会情怀，他的姿态从来高于传统意义上的作家，甚至可以说完成了赵树理没有完成的心愿。

最后，我想回到《小二黑结婚》和"山药蛋派"的形成关系上来。《小二黑结婚》当时写成的时候，并不为当时根据地中从"五四"文学发展过来的作家们所认可，也没有得到出版机构的认同，为什么会这样？反过来说，因为《小二黑结婚》跟当时的文学观念是断裂的，他是《在延安文艺座谈会上的讲话》精神的第一个实践者，也因此，《小二黑结婚》成为"山药蛋派"的开山之作，成了一个流派形成的标志。我觉得这是这部作品具有珍贵意义的一个方面，也就是研究赵树理、传承赵树理时，提醒我们当代作家有两点不能丢掉的东西：作家跟时代的关系、作品跟读者的关系。

白璧微瑕说《白鹿原》

近日重读了陈忠实先生的大著《白鹿原》,想起在鲁院学习期间常务副院长胡平老师常讲的一句话:茅盾文学奖想不给《白鹿原》都绕不过去(大意)。这样的话,后来我还听许多不同文学层次的人讲过,并且,普通读者着迷这本书的人也不计其数。在当代长篇小说里,这样雅俗共赏深入人心的大作品可谓凤毛麟角,像四大名著一样拥有众多研究者的现象更是独一无二。说陈忠实用《白鹿原》给自己立了生祠,一点都不过分。我看到他在《小说评论》上连载这本书的创作笔记,觉得也是应该的,这为研究这部史诗般的作品提供了很好的第一手资料。

陈忠实和《白鹿原》是相得益彰的,作家受到关中历史风物、文化习俗的几十年浸淫,在一种摒弃了文学功利心的纯净条件下完成了这部作品,可以说是天授地生。苍天在上,白鹿原在下,人在种种天灾人祸面前的微不足道和不屈服的抗争，个人命运折射出的大时代风云变幻，都是史诗手笔，陈忠实巨笔如椽，能呼风唤雨，也能剥皮画骨。然而，完美的东西毕竟是不存在的，自《白鹿原》出版后的十几年里，我这是第三次重读它，不满足感一次比一次强烈。作为陈忠实和《白鹿原》的忠实"粉丝"，我出于对它的热爱，想把阅读过程中和阅读后思考的一些想法说出来，指出这块美玉白璧上的微瑕，使读者更能接近它的璞玉之美。

　　首先要说的是陈忠实创作《白鹿原》时，受当时社会政治环境的局限，虽然他已经很放得开了，但和现在反映抗战题材的文学和影视作品相比，尺度还是很小。作家本身的哲学思想广度狭窄，由此造成在此偏狭的大背景下，塑造的白、鹿两家年轻一代人物在思想和行动上的矛盾性，这些有追求但道路不同的年轻人的形象，比起他们的父辈白嘉轩、鹿子霖的有血有肉有精神来说，显得苍白、漂移。国共合作时期，白灵和鹿兆海用扔铜圆的方式决定入"国"还是入"共"，虽然有些儿戏，却也可爱，但是后来白灵改"国"为"共"和兆海改"共"为"国"，却明显缺乏正面铺陈，不具备说服力。鹿兆海的改变过程没有叙述，白灵的改变也过于仓促和简单。一般来说，人物的思想观念受到足够的理论影响或者事件的刺激，才能够变换信仰和道路，应该说白灵和兆海后来的改变才是各自道路慎重选择的开始，这时要让读者接受，首先要说服读者，而显然，对表达关中本土文化和农民思想游刃有余的陈忠实先生来说，却不具备这样的理论素养，或者说政治哲学的广度和高度，所以他的人物在进行意识形态的对话或者说交锋时，只会围绕农会的"铡刀"和国民政府的"填井"来绕圈子，扩展不开，也深入不下去，这样的交谈当然不是说服，而是抬杠。这就是为什么《白鹿原》后半部明显不如前半部有味道、厚重的原因，也正是这个原因，作者只能迁就于自己身处的时代的论断，使他笔下的人物在谈及"国"与"共"的时候，明显被强加上了20世纪90年代的烙印。当然，这个瑕疵是最可以谅解的，所以这里点到为止，不再深入分析。

　　第二个明显的败笔是朱先生这个人物的失败，朱先生是整个《白鹿原》的精魂和思想主线，然而这个人物的塑造极不成功。朱先生是陈忠实的代言，作家是要把他塑造成关中文化的灵魂载体的，然而，却最终使他非人和不可信。这里并不是说作家加于朱先生身上的那些神仙故事本身有问题，那些未卜先知的神秘事情，其实对整部作品的文化内涵和可读性是有很大帮助的，这些本无可厚非。我要说的失败是，陈忠实把朱先生塑造成圣人的失败，朱先生，是儒家文化的最后一个信徒，你看他替妻弟白嘉轩拟订并书写的那个《乡约》，就是"修身齐家治国平天下"，就是"夫为妻纲父为子纲"，就是"仁者爱人"，你再看他的言行和他给白嘉轩、鹿兆海等人题的字，也是这个体系。然而，他却还擅长占卜问卦这类为儒家所不齿的事情，所谓"子不语怪力乱神"，这就使得他的形象很滑稽，不伦不类，或者说旁门左道、不纯粹，——有时候像那么回事，大儒的样子，白嘉轩和鹿子霖给村里建了学堂，朱先生竟然给他们下跪；有时候又成了江湖术士，热衷于打卦问卜，解决村民"丢牛遗猪"之事。作为关中大儒，朱先生不但能预知自己的死期，还能知道身后几十年发生的事情，专门雕刻了自己的墓门砖来吓唬后世的红卫兵："折腾到何时为止！"硬要把圣人形象和神人形象合并在同一个人身上，最后，朱先生给人的感觉只能是四个字：装腔作势。

　　而且朱先生的可厌之处还不止于此，在第一个神仙故事里，日头如火、万里无云，庄稼人都在晾晒麦子，朱先生看出很快要下雨——这个技能其实经验丰富的老农也具备，但他却不告诉大家，而是穿着双泥屐跑来跑去和大家打哑谜,最后害得"好多人家的麦子给洪水冲走了"。朱先生不告诉大家要下大雨的唯一理由只能是"天机不可泄露",泄露了对本人不利,所以他就装腔作势一番,希望大字不识的农民能领悟他的高深,这里他就不遵循"仁者爱人"的儒家宗旨了,也忘记自己给妻弟白嘉轩题写的"学为好人"几个大字了。而"人们过后才领悟出朱先生穿泥屐的哑谜,痛骂自己一个个蠢笨如猪,连朱先生的好心好意都委屈了"。——好一个"好心好意",民以食为天啊,他们竟然不恨他!最不可理解的是那么热爱土地和庄稼的白嘉轩,把这样一个在龙口夺食的要命时刻,眼睁睁看着老天爷糟蹋粮食的人物"断定那是一位圣人"。朱先生一面以占时问卜"丢牛遗猪"的事情造神,一面却"为了排除越来越多的求神问卜者的干扰,于是就一个连一个推倒了四座神像泥胎,对那些吓得发痴发呆的工匠们说:'我不是神,我是人,我根本都不信神!'"这样言行矛盾的人物,难以给读者树立一个大儒的形象,更别提"圣人"了。

  然而就是这样一个有些不伦不类的人物,所到之处无论封疆大吏、军阀党棍还是下里巴人对他一致的尊崇,让人觉得莫名其妙。最不可理解的是作为儒家礼仪的信徒,竟然当面把他的恩师方升老大人夹枪带棒地讽刺辱骂,而对方也竟然更加对这个学生尊敬有加,好像全然不讲究儒家的尊卑长幼观念,或者是个完全没有自尊心的受虐狂。虽然作家一再强调和提醒读者朱先生的诸多功绩,然而越是这样,越让人觉得不自然、失真和做作。朱先生这个人物从一出场就先入为主地成为不食人间烟火的圣人,而从他一开口说话就让人觉得起鸡皮疙瘩,直到他像唱戏一样一件事情一件事情地走到即将告别人世的时候,还是做出了一连串让人身上发冷的事情。纵观朱先生一生这些被美化为返璞归真的逸事,与他受到良好的传统文化教育而形成的思想和素养是不一致的，作者的"造圣"行为刀砍斧凿、牵强附会的痕迹过于明显。在朱先生死后，作家还安排了他的儿媳看到朱先生的"那个器物竟然那么粗那么长"，来说明"'本钱'大的男人都是有血性的硬汉子"，来拉近朱先生和人的距离，并给予他活着的时候的那些非常之举以注解，给人的感觉是补丁上面摞补丁，支离破碎、非我族类。综合一句话，朱先生这个人物，需要咬着牙才能读下去。

  上述在意识形态和灵魂人物两方面的败笔，凸显了陈忠实先生对政治哲学和儒家学说没有深入研究的缺点，造成小说作品的硬伤。这是许多农民出身的作家的软肋，错把儒家文化在农耕文化的折射当作儒家文化本身，或者把儒家文化与农耕文化对立起来。这些问题，赵树理身上就不存在，因为他虽然是"山药蛋派"的开山鼻祖，却是个"学贯中西"的大知识分子，众所周知，他写小说遵循的原则是："政治上起作用，老百姓看得懂。"这是一种高于作家的情怀，也是一种超越作家的高度。陈忠实解决不了的问题，赵树理解决了，赵树理跟陈忠实的区别，就是大师和大作家的区别吧。

  这就引出了我要讨论的最后一个问题，将以陈忠实、贾平凹为代表的乡土作家的总体阅读印象和沈从文、孙犁等已故大师的作品印象对比后，发现的一些境界上的不同。我原先不是很能区分大师和大作家的区别，显然，这是超凡和平凡两个境界层次的概念，但是他们的差别又在哪里呢？通过以陈忠实、贾平凹为代表的作家作品和以沈从文、孙犁为代表的作家作品对比，不难发现，前者生活积淀深厚，作品厚重、苦难深重；对人生和命运的挖掘很深入，人性真实纤毫毕现。而后者，作家是大作家，作品是大作品，然而他们反映的人的苦难比现实更苦难，他们审查的人性之丑更加触目惊心，他们把人性之暗和负面的东西刻画得无以复加，作品读后让人感觉沉重、惊心、现实生活没有诗意可言，无所谓失望也无所谓希望，可以说每个人人的人性都是向下的。生硬照搬生活、捡拾逸事、过于写实人物、描摹世风，而不做关照救赎性的思考，这个明显的弊病，贾平凹的作品表现得比陈忠实更甚，他们和柳青还有路遥作品里的诗性和理想光芒是有差距的。而沈从文、孙犁的作品，一样反映苦难、刻画人性，他们却是给你黑沉中的曙光，苦难中的亮色，人性里的达观，现实中的诗意。如果说陈忠实、贾平凹善于塑造沉重，善于翻版现实，善于审丑，那么沈从文善于冲破沉重，超越现实，善于审美。诚然，无论沈从文还是陈忠实、贾平凹都是尊重生活的真实的，但是，是审美还是审丑，是向善还是求实，是向上还是向下，是给读者希望还是沉重，是诗性还是真实，凡此种种不同，恐怕也是大师和大作家的区别。有时候，写再多的大作品，却无法由大作家上升为大师，正是因为你没有给人生的苦难以亮色，没有给现实的生活以诗意和关照，需要超越的而始终没能超越。作家能否用作品超越现实、超越苦难，作品有无诗性和理想光芒，有无关照和救赎情怀，成为一个坎，也成为一个临界点，超越了就是大师，实现不了就是一个家吧。

有时候我在想，为什么人需要有信仰呢？正是人向往从现实的苦难中拔身，而大师们正是扮演了上帝的角色。

最后，依然要向陈忠实先生致敬，毕竟我们能读到像《白鹿原》这样的好作品，已经很不容易了。我曾经不止一次说过，《白鹿原》的出现需要一百个先决条件同时具备，包括陈忠实的阅历、年龄、写过的小说字数、身体状况、创作时的社会环境、气候、当时见过什么人、跟人交谈的话题、心情等等等等，缺一不可，这也说明这部作品为什么会获得如此高的赞誉，有如此多的人来研究他，包括我这样的吹毛求疵者。

在乡亲和大师之间

有句话叫"灯下黑",很能反映洪洞人对孟伟哉老的认知程度和方式,——因为孟老是著名作家,是名人而敬仰他,又因为孟老是副部级高干、社会地位高而尊敬他,但我以为我热情真挚的乡亲们,对孟老的人文思想和品德修养缺乏真正的认识和领悟。当然也有几位多年联系孟老的人士能够跳出乡情遮蔽的眼光,看到这位乡亲背后大师的光晕,摄影家高玉柱先生就是其中之一。

说实在话,我当初冲动地去拜访孟老,也是冲着他著名作家的名头,是家乡文化人对他推崇的氛围影响到了喜欢文学的我,所以我1998年的仲春追到孟老旅居的山西师大去朝圣,而来竟有16年矣!这十六年当中,孟老给我的多,而我为孟老做得少,甚至,我只去他北京芳古园的家中探望过老人一次。但孟老却给我写过近百封信,这对一个在追求文学梦想的道路上跋涉的年轻人来说,是多么大的教导和引导啊。

  我不想评论孟老的文章有多么的经典，我要表达的是，同样作为一名作家，我认为孟老达到了我心目中作家最高的境界，那就是人文合一、文如其人。一位作家，要练的不是笔，而是自己的心。通俗地说，就是提高自己的修养，而不是单纯地追求文字。你看孟老，他写一部长篇巨著，写一篇散文随笔，甚至写一封短信，都十足地反映出来他深厚的修养境界。我认为孟老有这样大的修为，做到了大多数作家做不到的事情，有一个很大的原因是他虽历经战争，人生起伏跌宕，而在岁月的风雨中本色不变，保持了他一个洪洞人的淳朴、真挚、正直、热情和不回避矛盾，他是一个真正接地气的人，是洪洞的地气和读书人的担当相结合的一位大师。

  要读懂孟伟哉，不必通读他的作品，——虽然我为了学习几乎通读了孟老的所有作品——只需要看一眼他的画作，你就足够读懂他的胸怀，足够感受到比天空更广阔的是人的胸怀，而比宇宙更深邃的是人的思想。虽然当过人民美术出版社的社长，孟老在作画上却是半路出家，他没有什么正经的师法传承，或许在技法上不够规范，但是他的画作却比正经大画家要高深许多，他用洪洞人近乎孩童的眼光去观察人生、自然，却像梵·高一样任由自己的思想去形成画作：他画的左扭柏你看见是一棵树，再看就是洪洞人的执拗和不屈；他画的壶口瀑布，你看见是波涛，再看就是风云幻化的时空；他画的家乡的葫芦架，你看见是儿时回忆，再看就是上古神性的遗留；他画的蜀道古柏，你看见是古怪的森林，再看却是民族的挣扎和荣光。

  关于高玉柱先生为孟老编的这本书，高和孟老都和我多次交流，我认为编这本书唯一合适的人选就是高玉柱，他手里甚至有孟老自己都没有的资料，而这本书的编辑思想，是非常有着文献价值的，因此我不揣浅陋应约在书前写几句自己对孟老的认识，来抵消自己对孟老的歉意，表达自己对孟老的敬意。我们是真正意义上的忘年交，洪洞人说"人不亲的土亲"，我对老人家感到非常的亲切，而他对我的关爱更是无微不至，他偶有闲情感怀，会即兴写一副字给我寄来，我结婚的时候，老人不堪劳顿未能前来，但为我们作了一副寓意吉祥的画作快递寄到。每每见面，我们都会长谈，他这个人其实随和中带着洪洞的耿气，或许一般人觉得有时难接受，但对于我来说，却是难得的学习和磨砺，他在展示给我一马平川的同时，也展示给我高山和大河，我受益匪浅、所获良多。

有一回在洪洞的信合宾馆，孟老留我同宿，我们聊了大半夜，他一直念叨说不能睡得太晚，否则会失眠，但我们总是有说不完的话题。那个晚上，老人在房间里行走，竟然有两次踉跄跌倒——他在朝鲜战场负伤，脚部有残疾。这让我觉得更加接近了真实的孟老，他是个有血有肉的乡亲长者，也是我高山仰止的同道前贤。

老树新花读胡正

清明时节，收到老作家胡正题赠的大型文学刊物《黄河》2001年第2期，头题小说正是胡老的长篇新著《明天清明》。这部小说发表之前，我曾在《黄河》主编张发先生处读过几个章节。那天应约去《黄河》编辑部谈我的一个小长篇，张发主编甫一告诉我第2期将发表老作家胡正的一个长篇新作时，我是"啊"了一声出来的，——并非我大惊小怪，综观国内文坛，在近80高龄尚能为十数万字的长篇小说的作家，能有几人？我是没有听说过。高龄作家笔耕不辍的并不鲜见，然而写的都是随笔、回忆录类的闲品，能坚持写对才情和精力、体力的要求相对高的小说的，可谓凤毛麟角。我们已经习惯于接受作家们中年之后便放弃小说而转向随笔、评论的写作或者学术研究领域，因此我觉得也没必要掩饰对一位耄耋之年尚出长篇小说的老作家的钦佩和感奋。数年前在《小说月报》的头题读到马烽老的中篇新作,而今又读胡正老的新长篇,说实在话,我为"山药蛋派"代表作家中尚健在的这两位老作家不懈的精神和不息的才情深深感动,倍受鼓舞。

我用一整天的时间读完了《明天清明》,确如张发主编所说,"老作家笔下的爱情故事是这样的美丽凄婉、哀怨动人;掩卷长思,小说留给我们的,又绝不仅仅只是酸楚和慨叹。"胡老讲述的这个爱情故事,有两个特殊的背景:一个是抗战时期,另一个是在革命队伍里。几乎在所有的文学或影视作品里,那些为了民族解放和新中国成立而抛头颅洒热血的人,都是一些为了伟大理想而放弃小情调的英雄,他们的爱情,也都是可歌可泣的壮丽诗篇。然而《明天清明》向我们展示的,是伟大的事业中作为人的真实性情和男女之间灵肉交融的爱情。在那样的年代里,在那样的环境里,爱情之树并没有枯死,人的感情也没有麻木,特殊的时代有特殊的情感方式,有情人之间产生好感的缘由或许打着时代的烙印,但那异性之间的吸引力和对爱情的渴望却是与过去和将来没有分别的。而且,正因为爱得真,爱得深,那故事,才有了几分传奇色彩。《明天清明》的主人公是两对革命队伍里相爱的青年男女:延安报社的编辑吴彦君和土改研究室副主任史佑天,军区文工团民歌演员郭如萍和军区政治部宣传部副部长方之恭。他们拥有同样幸福的爱情,却有不同的不幸,——在同一个时间里,那个百芳齐发的清明节,两对情侣在不同的地点开始了他们的爱情,在爱的海洋里,吴彦君和郭如萍都孕育了爱的结晶,史天佑和方之恭都向上级递交了结婚申请,就在这个关头,命运开始向他们伸出阻拦之手:史佑天的老父带着14年前给儿子包办的媳妇找到部队;郭如萍由于家庭成分不好被左的政策"清洗"回家。最后阴差阳错,史佑天的爱人吴彦如和郭如萍的爱人方之恭经组织介绍结为夫妻,而在此之前,都是痛别爱人的吴彦如和郭如萍在流产后住在一个病房里时，因为互诉衷肠而姐妹相称惺惺相惜。失去所爱的史天佑和方之恭又在同一个清明节前先后去世，留下爱着他们的人和一段遗恨在人间。

　　作为小说写作者，我发现胡老的叙述手法是很现代和有独创性的，整个故事的叙述脉络可以用一个"8"来形象地表示：它由一点发出两条弧线，经过一个交叉后，又归于一点，可以说是两对革命情侣的爱情和命运的绘图象征。——故事一开始，随报社战前转移的吴彦如因为流产和准备流产后回家的郭如萍在一个病房里相遇了，几乎相同的遭遇使她们彼此讲述了自己的爱情故事，由此开始，故事分开两条线交叉叙述二女相遇之前各自的经历，经历讲到二女相遇的时候，故事和人物都重新回归到一个相同的时间和地点上，然后二女各奔东西，故事又再次分开，直到最后她们在各自爱人的坟前重逢，那，又是一个清明节。小说的结尾所营造的氛围使人想起鲁迅的《药》里的结尾情景，不同的是，胡老慨叹的是现实的无奈和命运的无常。

　　偶尔与《三晋都市报》社长胡果先生谈起他父亲的这部新作，他说："我父亲写的是个真实的故事，他早就讲过这个事。"他同时不无得意地问我："你发现没有，我父亲这篇小说已经没有'山药蛋派'的味道了。"这一点我在《黄河》编辑部读到开头那几个章节时就已经觉察到了。我认为，这是胡老的性情使然，——一个文学流派，或多或少打着时代的烙印，相对于作家的创作来说，它只是一个阶段的归纳，而一个作家的个性，却与他的生命同在，左右他的创作的，是他的性情而不是流派。在胡老走过的漫漫岁月里，不知经历了多少大的事件和变换，而他把这个相对细微的真实故事铭记不忘，可见他的精神与性情。让他关注和放不下的是人本身，以及对现实存在的思考，而文学，正是一门研究人性和存在，求真求美的艺术，小说唯其如此。这部小说，在有些青年作家看来或许语言有些陈旧，但贯注语言中的灵秀之气和深厚功力，以及文本结构上的新颖，无不显示出老树新花的瑰丽奇芳。尤其在坚持现实主义的大型文学刊物《黄河》上发表，更是相得益彰。据张发主编讲，自胡老的长篇始，《黄河》紧接着要推出山西数名中青年作家的长篇新作，胡老此举，对整个山西文学来说，又狠狠把后生们拉了一把，老当益壮，带了个好头儿。

独树一帜的"洋山药蛋"

——焦祖尧人文思想浅解

　　一个作家,能够形成自己的语言风格,就算是与众不同了。而一位作家能够开辟自己独特的创作道路,就算是大家了。从这个意义上来说,焦祖尧老师虽然被划归"山药蛋派",但他实在是这个流派的"异类",他的风格与手法和"山药蛋派"有着鲜明的区别,在山西乃至全国,他的创作都是独树一帜的。我对他和他的作品的认识,是循序渐进的。

　　大约1999年的冬天,我在山西日报文艺部工作,受命采访省作协主席焦祖尧,所谓"初生牛犊不怕虎",虽然红极一时的《总工程师和他的女儿》《跋涉者》的作者声名如雷贯耳,也对省作协主席怀着朝圣的心,却没有做太多的阅读准备,就冒失地去了南华门东四条的那栋曾是阎氏故居的砖木老楼。因为之前时任文艺部副主任的焦玉强老师与焦祖尧主席有忘年之交,"老小二焦"一度让很多人搞混，小焦主任自然提前给老焦主席打过了招呼，所以当我进入主席办公室的时候，焦主席已经在等着我了。

一个清瘦的南方人，戴着眼镜，眼神很凌厉，是作家兼领导的气质。他坐在办公桌后面，我坐在他对面的沙发上，窗外是冬日午后凋零的梧桐树冠，气氛很安静。焦主席语调缓慢，抑扬顿挫，南方的腔调很明显，他主要给我讲述了作协培养青年作家的情况，怎样办作家读书班，怎样办作家改稿班，怎样亲手为青年作家改稿子，有哪几位创作成绩突出的青年作家涌现出来。我在笔记本上飞快地记录着，心里很不平静，私底下很羡慕那些被培养出来的作家，大概就是从那个时候起，我开始意识到作协对作家尤其青年作家的成长是有直接帮助的，而在那之前，我刚刚在作家出版社出版了第一本书《比南方更南》，在折页的作者简介中我宣布为纪念王小波拒绝加入作家协会，——实在没想到我的坚持这么快就被动摇了。但是，紧接着，我们俩之间就发生了两次争论。

采访主题结束后，焦主席和我聊天，我提出当时山西缺乏学者型的作家，他不同意我的看法，反问我："怎么没有？"我问："谁？"他说："王祥夫算一个，王祥夫当然是学者型的作家了。"我无法反驳，因为当时我对王祥夫老师和他的创作并不熟悉，所以无从反驳。而我的孤陋寡闻让焦老师很是诧异，他微微皱着眉头问我："王祥夫你是知道的吧？"我说我知道，虚伪地掩饰了我在文学圈里浅薄的交际和见识。后来才在和焦玉强老师的聊天中知道，王祥夫老师《永不回归的姑母》在全国文坛引起了多么大的争论，而我一个刚刚从洪洞小地方来的农民的儿子，又怎么知道文坛的水深水浅。

第二个争论是对这篇采访稿的命题，我认为文章题目应该用"青年作家的良师益友"，并且为之自喜，窃以为焦主席是会同意这个准确的概括的。但是,不,他坚决地表示了反对,认为应该用"青年作家的知心朋友"。我试图说服他:"您是作协主席,又是前辈,不能只提朋友啊,首先应该是他们的老师。""不不,"他执拗地摇头说,"就是朋友,就是朋友嘛。"我不同意改,他竟然着急地站了起来,我只好说回去后让领导定。回到报社,我向焦主任报告了情况,"小焦"一笑说:"老焦自然有他的道理,你和他争什么?!"我眨眨眼,心里不服气,但出于对焦主任一贯对作协准确的判断,听从了他的意见。这篇《青年作家的知心朋友》在山西日报头版倒头条发出后,获得好评,那是我在山西日报头版发的第一篇稿子,虽然心里还有些不服气。十年之后,我调到了省作协工作,慢慢体会到了焦主席对青年作家不称老师称朋友的情怀,每每在作协小院往住宅楼的拐角处碰上他,他都会真诚而"哀怨"地抱怨:"你都没来看我啊!"这个时候我的心里是温暖而感慨的,他真的把作家都当作知心朋友,无论你有多么年轻,这样的情怀是我们应该学习和发扬的。直到我也当选省作协副主席后,我真正理解了他,如果现在有人采访我,别说称"老师",称"知心朋友"我也是不敢的。

与初始的"不和谐"相反,那之后我和焦祖尧老师的交集和感情迅速加强,这大概是沾了山西日报文艺部和省作协数十年的友谊的光。其后他亲自赠我多本著作,其中散文集《那人的履痕和远方》是我通读并且深受影响的,为此我写了一篇评论编发在自己主持的版面的头条,那篇评论虽然稚嫩,但着实表达了一个后辈对前辈的敬仰,多少窥见了一个大作家的精神世界,同时也使自己明白过来当年说的山西缺少学者型的作家的说法大谬,其时焦主席举了王祥夫的例子而没有说他自己就是学者型的作家,实在是谦虚了,这部散文集足够证明他自己就是学者型的作家。我所谓的学者型的作家，就是一个作家要形成指导自己创作的思想理论，而《那人的履痕和远方》就是一个作家的思想写照。

此后还将《大运亨通》《黄河落天走山西》两部报告文学巨著赠我。在我当时的意识里，焦主席的文学创作成果是"二郎担山"式的，《那人的履痕和远方》是那条扁担，一头担着两座小说山：《总工程师和他的女儿》《跋涉者》；另一头担着两座报告文学山：《大运亨通》《黄河落天走山西》。而作者自己就是担山的二郎神，有着第三只神眼，可以洞见时代的规律和风貌。一个作家能够记录他所身处的时代，通过社会万象来反映精神实质，这是我作为一个作家梦寐以求的。

在山西文学的大格局中，无论"山药蛋派"还是"晋军崛起"一代，文学背景或曰底色都是乡土社会，而焦主席的创作是与此没有任何关系的，非要把他往"山药蛋派"里划分，那也只能是"洋山药蛋"，他在这块土地上，在这个筐里，但无论从形式到内容，从颜色到味道都不是一个味儿，他是自成一家的。在山西，这样的作家还有写"智商小说"的钟道新老师和写"社会小说"的张平老师。我一直认为评论界把张平老师定位成"反腐作家"是不准确的，他追求社会公平的深阔情怀是高于作家层面的，就像评论界把王小波的"荒诞小说"界定为"黑色幽默"一样没有理解作家的高深造诣。

同理，仅仅把焦祖尧老师的两部写工厂人物的长篇小说和两部表现山西建设的报告文学定位成"工矿题材"和"重点工程"是不对的。他的作品的精神内核是一个作家对中国社会转型时期以两大领域为代表的普遍的国人的精神状态的关怀，他所塑造的人物之所以能产生那样大的反响，正是人物身处的社会环境和思想痛苦浓缩了那个时代的嬗变和人的思想，而他把这样的情怀藏在作品后面，不是所有人都读得出来的。评论家们更多的也在隔靴搔痒,正所谓:"曾见郭象注庄子,识者云:却是庄子注郭象。"

因此,当焦主席洋洋大观的文集终于出版面世,不仅让我们得以一览他与众不同的创作全貌,并且为以后对他全面而深入的研究提供了宝贵的文本,我为此欣喜鼓舞,此时捧读,又有新的心得和收获。

谈 创 作

命运才是捉刀人

  我们的人生注定要经历些什么磨难，是不可预期的，命运有时爱和我们开开玩笑，有时干脆就龇出它残酷的獠牙，但无论它究竟会以何种面目出现，我们唯一能做的就是面对它，或被击倒，或被践踏，获驯服它，获从中获得修为，从此能够淡然面对。无论结果如何，都将转化为人生阅历和对人生深沉的思考，它必将也终将成为财富，这财富对于小说家来说，不啻于上天的恩赐，一切完美的创造，都将归功于命运捉刀的手。从这个意义上来说，会写出什么样的作品，不是作家自己能说了算的。

  我曾经以为关注社会、观察他人就能够提供一个写作者所需要的一切，后来又发现历史神秘的力量不可忽视，为此不停地调整着自己的笔触，朝着自己理想中的目标前行。我也曾质疑过自己，凭什么就要让别人甘心去阅读自己的作品，还要让人家说好？我也曾疑惑过，为什么很自我的一部作品，连自己都觉得拿不出手，反而会对社会和人群产生出乎意料的影响？我也曾纳闷，在这个作家和普通人的精神同样矮化的时代，读者对作家为什么还会有所期待？从开始的完成一部作品就迫不及待地要找地方发表面世，到现在写完后搁置在电脑里觉得拿不出手，甚至面对题材顾虑重重不敢下手。我习惯审视自己成功的作品，并且总是不让自己失望地发现问题；我也常常遗憾花费数年时间和精力写出来的明显缺乏深度甚至常识的作品。究竟，怎样才能写出自己理想中的作品，成为自己想成为的作家？

时间总是会解开一切的谜团，而命运的狰狞与莫测也会催化你的思想。有很多扇门，有时候在人的一生中是永远都没有打开过的，而一旦打开，必让你重新变了一个人。我才知道，人需要认识社会，认识人生，更需要认识自我。而自我，是被命运攥在手心里的。我们看到的撼动心灵、引领精神的伟大作品，现在看来，不是那么神秘了，那些创造出他们的伟大的作家，他们到底经历了些什么，或许只有他们自己知道，他们的心灵发生了些什么变化，也只有他们自己最清楚，但这一切终将以作品的形式出现，并且在作品背后那些神秘莫测不为人所知的东西，我们看不清楚，但是我们感受到了它的存在和力量，并且这力量也在引领着我们的精神，滋养着我们的心灵。而这一切都必将或者终将归功于命运，作家只是在写作，而写出的是什么样的东西，是命运主宰的，它才是那个捉刀人。

在被创造出的小说世界里，吸引我们的，是人物的命运走向，是不可预知的神秘力量。而给予我们安慰的，也是我们作为读者自己的命运和人物命运的共鸣。"他们"经历的，和我们经历的是那样的不同，又那样的相同，我们喜欢阅读，是因为阅读人物命运的同时，更是在阅读自己的命运。我们需要彼此映照，彼此疗伤，彼此比照着寻找精神的出路。我们敬仰一位伟大的作家，往往只有一个理由，我们不是敬仰他的才华，我们是敬仰他的手指，那根手指，它为我们指出了出口的方向。

那是救亡的先声和前奏

　　大约在五六年前,我的创作方向和兴趣渐渐转移到抗战题材上来,开始有意识地收集和阅读有关抗战史的资料。在长期的寻找、积累和阅读史料期间,我渐渐发现,关于中央红军长征到达陕北后,组成中国人民红军抗日先锋军东征山西这段历史,各种史料都是寥寥数语、一笔带过,描写东征的文学作品和影视作品也没能准确把握它的价值定位和历史意义。红军东征山西真的就是打着抗日的旗号实现"扩红、筹款、赤化"的目的吗?那样红军和历史上的农民起义军有什么区别,中国共产党的先进性体现在哪里,如此狭隘的领导者如何能够取得全国解放的胜利呢?显然还有别的更高拔的纲领和更足以号召全国民众的原因。

　　一天,在我阅读文献时,发现毛泽东在东征期间的一次讲话中说:"红军是一支带着政治任务的军队。"顿时一语惊醒梦中人,是啊，这段看似颇有争议的历史，其实有着救亡图存的民族精神拯救和更其伟大的国际意义，它绝不仅仅是共产党为了红军的发展壮大而进行的几个月的简单战役，而是中共为了落实共产国际建立世界反法西斯统一战线，更为了抗日救亡进行的一次促进中国抗日民族统一战线的奋斗。红军东征，使中国革命从土地革命战争转向为民族革命战争，直接改变了中国的革命进程。

"九一八"事变之后，张学良的东北军撤出白山黑水，东北四省完全沦亡为日本掌控下的伪满洲国，转年日军又在河北扶持了"冀东防共自治政府"，脱离国民政府，1935年又逼迫国民政府成立"冀察政务委员会"，由日本关东军特务机关长土肥原贤二出任顾问，而绥远省也面临着日军武装起来的伪蒙军的威胁，华北五省即将步东北后尘被日寇鲸吞，当时的一级行政省区有38个，近四分之一沦陷。在东北沦陷、"华北事变"的亡国灭种的危局之下，彼时的中国军阀拥兵自重，且各自都以世界列强为靠山，尤其拿着日本给的援助空喊抗日，实际划境自治、坐大自己对抗中央，压根儿没有国家的概念。国民政府名义上统一中国后，蒋介石一手"削藩"，一手"剿共"，民众轻言抗日获罪，举国一盘散沙。列强虎视眈眈准备瓜分获利，而政府默然、国民木然，几近亡国。这种状况持续下去，可想而知中国即使没有亡于日寇，也不免战后被列强所瓜分。当此之时，是中国共产党从"九一八"之后就提出了"武装人民，进行民族革命战争"的奋斗方针，并且公开提出反对日本帝国主义、反对国民政府的不抵抗和出卖东北政策，自觉走到了领导全国人民做抗日救亡斗争的历史地位上来，高扬"救亡图存"的旗帜，并在先进思想理念的指导下两条战线齐头并进：一条隐蔽战线在地下奔走呼号爱国知识分子、青年学生游行示威，组织工人罢工、商人罢市，号召农民武装起来自卫；另一条战线改编中央红军为中国人民红军抗日先锋军，东征山西，"扩红、筹款、赤化"，把抗日的烽火燃遍有民国模范省称号的"钢铁山西"。

毛泽东领导中国人民红军抗日先锋军东征山西，对民国模范省山西进行赤化和抗日宣传，在中央军、晋绥军二十万重兵的围追堵截下，坚持斗争了七十五天。东征期间，红军先后发出了《中国人民红军抗日先锋军布告》《中共中央北方局为抗日救国宣言》《中国共产党中央委员会为创立全国各党各派的抗日人民阵线宣言》《停战议和一致抗日通电》等宣言和通电，呼吁停止内战、一致抗日。而也在东征期间，中共积极寻求与张学良、杨虎城、阎锡山等实力派的联合，最终与阎、张、杨结成了北方阵线，公开反对国民政府和蒋介石的对日政策，开始了抗日合作。中共还听取了张学良的建议，变"反蒋抗日"为"逼蒋抗日"。东征之后，首先在山西完成了国共合作抗日，为西安事变的发生、中国革命进程的改变打下了基础，顺理成章地促成了中国的全面抗战。

而早在中央红军长征到达陕北和东征山西之前的1935年七八月间，共产国际第七次代表大会就提出了建立最广泛的世界反法西斯统一战线，并委派中共驻共产国际代表张浩（林育英）回国寻找中央红军并传达中共驻共产国际代表团建立抗日民族统一战线的指示精神。张浩于当年十二月初到达陕北，在接下来召开的政治局扩大会议上，中共确定下一步的政治任务为建立抗日民族统一战线，与全国各党各派、各种武装力量成立联合政府、抗日联军，捐弃前嫌、共赴国难。这一重大政治方针，在当时寇深祸急、中华民族面临亡国灭种的危难关头，具有世界格局的历史意义。红军东征，是一次改变中国革命进程的政治战役，是一段鲜为人知的救亡史，它也使中国的抗日民族统一战线，成为世界反法西斯统一战线的先声和前奏。

正是因为中共大声疾呼并且掀起全国的抗日高潮,她理所当然地成为领导全国各阶层民众抗战的精神领袖。在中华民族亡国灭种的危局面前,是中共和红军一力奔走呼号,唤起各界和民众的觉醒,把全中国角角落落的乡村都变成抗日战场,让全民都杀鬼子,让抗日救亡的烈焰在中华大地熊熊燃烧,这种精神力量是非常及时而伟大的。在唤起全国的救亡抗战精神、促成全国统一抗战方面的贡献,中共居功至伟。

正是在这样的历史认知和思想基础上,我完成了对这一"敏感"题材的主题开掘,顺利完成了长篇小说《中国战场之共赴国难》的创作。通过创作实践,也使我认识到我国抗战题材的文学和影视作品,不仅仅在主题的开掘上深度不够,在题材的开拓广度上也还有很大的发展空间。遍观战后表现欧洲战场的各种文学和影视作品,反抗的爱国主题和反战的人性主题是相辅相成、一以贯之的,战争的目的是为了和平,成为"二战"后人类的共识和共同维护的信仰。与欧洲"二战"艺术作品所不同的是,中国的抗战文学和影视创作是多元而复杂的,也是分阶段的。其复杂多元,是由当时中国的国情和民族性决定的,比如军阀势力和汉奸"特色"。我国抗战题材的文学和影视作品,在题材的开拓和主题的开掘上还有很大的发展空间,甚至可以说存在未曾涉及的空白领域。要知道,日本军国主义的狼子野心不仅仅是武力占领,他们对内宣传"圣战",对外宣传"亲善",妄想着建立"大东亚共荣圈",并以此为噱头蛊惑被占领国的人民,因此除了武力侵略外,文化上的侵略和精神上的同化也是他们的重要手段。20世纪80年代新加坡有一部优秀的电视连续剧《雾锁南洋》,就比较全面和深入地表现了新加坡日占时期的人民生活和抗争,这部电视剧杰出的地方就是她没有简单地把人民和侵略者二元对立,没有片面地展现斗争,她把日军的生活甚至情感都和当地人纠缠在一起的现实都表现了出来，也把不同的人对待侵略的不同态度展示出来，有人懦弱地屈就，有人出于功利的目的迎合，有人无奈地认命，有人不屈地抗争。新加坡以华人为主，文化土壤和精神理念和当时的中国基本上相同，因此这部电视剧也可看作是中国日占区状态的一个缩影。侵华日军少将藤田实彦有一部报告文学《战车战记》，描写了他所率领的日军坦克部队从华北进攻南京途中，有一部分受日伪军蛊惑的中国"良民"打着太阳旗、抬着开水，在路边欢迎和"慰问"日本坦克兵；我小时候也听见过日本侵略军的老人们讲，日本人并不像电影、电视里的那样，见了谁都一副凶神恶煞的样子，相反他们常常在口袋里装着一包糖块，做出一副和蔼的笑眯眯的样子，看到小孩子就掏出两块糖来，有时候还会送给老百姓一两颗西红柿。可见日本军国主义处心积虑的是要从文化和精神上征服中国，这实际上比武力侵略更可怕，武力可以对抗，而糖衣炮弹更加难以抵挡。关于文化上的侵略、精神上的渗透，也不仅仅只在民间，就连国民政府主席汪精卫被拉下了水，而我们的文学影视作品却鲜见在这方面的深入挖掘的呈现。我在《中国战场之共赴国难》里专门设置了一个章节，叙述阎锡山在元旦的时候请晋绥两省高干喝清和元"头脑"，给高干们讲述他在日本军校留学时期，路过汉城（首尔）时看到的朝鲜人亡国的惨境，感慨"亡国之民不如丧家之犬"。中国是"二战"时期汉奸伪军数量高于侵略军数量的唯一国家，这一点我们应该深深反思。

我正在创作的长篇小说《沦陷日》所要表现的主题，就是太原日占时期，士绅阶层在看不到抗战希望的情况下，想方设法拒绝出任伪职、不当汉奸的斗争故事。

他们的英雄气与赤子心

我最喜爱读的三部书是《三国演义》《悲惨世界》和《战争与和平》。少时读书，听老年人说，读《三国》可炼英雄气，于是三十余年来不知读了几多遍，从没想到有一天可以成为写历史小说的底蕴。也不怕人笑我狭隘，我没那么多世界大同的观念，我就是个爱国主义者，所以每当阅读《战争与和平》，看到托翁在叙述中用"我军"来指代俄军，我就心潮涌动，知道了就算世界公认的大师，他也是爱国的，他也有着一颗赤子之心，何况我等耳！

所以我写抗战小说，绝不是为了应景，我是几年前读完《战争与和平》，就想能够像托翁一样写一部中华民族的"卫国战争"史，为此我从2011年起做了一个三到五年的创作计划。在没有任何历史小说创作经验的前提下，我详细地阅读了托尔斯泰当年创作《战争与和平》背景资料，通过对托翁相关传记的研读，渐渐感悟和掌握了一些思想和方法。最初，托尔斯泰的创作灵感来自于反对专制的英雄"十二月党人"的起义，为表现他们的思想根源，他向上追溯到俄罗斯人民反抗拿破仑侵略的"卫国战争"。他尽量找来有关这段历史的重要著作，尤其是回忆录和一手史料，还不辞辛苦地到重要事件发生的地点进行考察，寻找当年的健在者来采访交流。从1860年到1863年，动笔之前，他准备和思索了三年时间。

这使我领悟到，要想写好这部中华民族的"卫国战争"，与其直接去写对日作战，不如去追溯到民族危机的源头："九一八"事变，去展现一下在"九一八"事变和"华北事变"后面临亡国灭种的危局下，中国的各党各派、各个阶层是怎样凝聚起民族精神，从而捐弃前嫌、共赴国难的，这种反抗精神的凝聚，就是抗战的前提，他的表现形式就是"抗日民族统一战线"。而统一战线是在矛盾和斗争中形成的，体现核心矛盾和斗争的事件就是红军东征。于是通过红军东征山西来表现抗日民族统一战线的最初形成，就成为一个必然的选择。这也就决定了小说的叙述线索是两条："战争线"和"政治线"交叉并行、相辅相成。

毋庸讳言，就抗日战争的历史来说，之前有不少史料和人物是被遮蔽的，而现在已经得到了正视和尊重。当我用托翁的治学方法进入对史料、回忆录的研究，同时对健在的当事人和事件发生地进行访问和实地考察时，仿佛一个站在远处观景的人终于走入了丛林的深处，在历史的天空下，那些林立在风烟中的人物渐渐清晰起来。曾经被概念化、脸谱化的不同阵营当中的历史巨人们，身上落满尘埃的泥壳渐次剥落，他们血肉丰满、个性鲜明，向我袒露了他们在家国风雨飘摇、民族生死存亡之际的英雄气概和赤子之心，使我为之折服和热血澎湃。诚然，人性是复杂的，利益的诉求是不同的，但当此之时，救亡图存却成为时代的主题，这是符合民族利益和最能体现民族精神的。这也是我最终放弃以虚构的人物投射历史的艺术方法，而选择了更加困难和有风险的正面书写历史人物的原因。在世界反法西斯战争胜利七十周年和中国抗日战争胜利七十周年之际，用一部近40万字篇幅的历史小说呈现不同阶层和营垒的大大小小近200位历史人物的"救亡史"，还有什么比这更能纪念和告慰他们拯救了中华民族的丰功伟绩的呢？我没有理由偷懒和逃避。

这近200个人物里，有几十位曾经影响过历史进程、主宰过民族命运的历史巨人，但更多的是不为我们所熟悉的普通革命者和爱国人士，就个体的牺牲和奋斗来说，他们的付出和贡献同样伟大，同样可歌可泣，我之所以选择用真实人物的真实事迹，就是为了吹开历史的尘埃，让这些在国难当头的时候同样有着赤子心和英雄气的人们重新被我们所感恩和纪念，为了在这样全世界和中华民族共同纪念的日子里，用他们的事迹和情怀向他们致敬。我希望用自己的笔，让那些曾经挽救了国家民族于倒悬的英雄们，永远鲜活在青史当中。

所以，《中国战场之共赴国难》不是一部应制之作，她是一部致敬之书。

赐生我们的巨树永青

和哈尔滨今冬第一场大暴雪前后脚,我第二次来到东北采风。行前有同事和朋友不理解,问我:你的《中国战场之表里山河》要写的是山西的抗战,跑东北去干什么?的确,我去年出版的《中国战场之共赴国难》写的是红军东征山西促成抗日民族统一战线,如今正在写作中的续篇《中国战场之表里山河》当然也是写山西的抗战;就连同时入选2016年度中国作家协会重点作品扶持项目和作家定点深入生活名单的长篇小说《巨树》,公布的定点深入生活地也是我的故乡洪洞县的一个村落,我为什么要连续两次千里迢迢去东北采风呢?

我哪里是去东北采风,我也不是去采访什么人,我是去"采心"的。

我是在2014年创作《中国战场之共赴国难》的过程中,慢慢发现在所有的创作准备中，比资料准备、人物准备、思想准备更加重要的，是心灵准备。去年9月，在《中国战场之共赴国难》得到文学业界和图书市场的双重肯定，我连篇累牍地写完报刊约稿的八篇创作谈，开完第二个研讨会之后，只身飞到了东北，为的只是感受一下我在这部长篇小说的开篇写到的"九一八事变"时的季候和气温，抬头望一眼当年东北军撤入关内时的天空和云彩。一个多年沉浸在抗战历史中的作家的心情不是读者都能感知的，我在作品出版之后才来"采风"，看上去是"马后炮"，实际上是在为接下来的《中国战场之表里山河》的创作做心灵准备，小说的历史背景和人物塑造可以通过打通史料来完成，但那些穿越时空贯通作家和人物灵魂的神秘的信息，只能用心灵的雷达来捕获。

那次在东北，朋友听说我来，特意安排了两次抗战文学报告，因为我的时间紧张，报告在同一天进行，上午在鞍山市政协，下午在铁东区委、区政府。在交流中我问大家：在座谁能够理解，当年东北军撤退的时候扔下几百架飞机、数千门大炮，置白山黑水三千万父老于不顾，到底是为什么？没人能够回答我，历史有时候就是那么的沉默。我之所以痴迷于抗战史的研究和小说创作，除了爱国的基本情感，何尝不是为了解答自己心灵的困惑。而今我再度来到东北"采心"，只是为了领略一下风雪中的严寒，感受一下在极寒的环境中那些在野外坚持斗争的抗联战士的身体和心灵经受的考验，还有那些生活在沦陷区的爱国人士胸中滚动的热流和这令人缩手缩脚的气候的矛盾与融合，或许他们不会成为我笔下的人物，但我正在创作的太原沦陷期间人们千方百计地不当汉奸的民族气节，同样也是对他们心灵的书写和灵魂的再现。像巴尔扎克那样惊人的创造力，也不是凭空想象，他在小说中若要写到某种场景，只要有可能，他都要去做实地考察，有时不惜作长途旅行去看一看他要描绘的某条街道或者某所房子。我要写抗战，要感受当年民族危亡的氛围，怎么能不去东北的黑土地上多走几次？

好作品都是走心的，哪怕纪实文学也是这样，因为《中国战场之共赴国难》在史实和人物塑造上的"逼真"，在后来的茅盾文学奖评选中，引起了到底是虚构作品还是纪实文学的争议，虽然影响了成绩，但我由衷地感到高兴，我用文学的手段还原了历史，这就对得起自己的文学之心了。

今年的国庆节，我利用假期回到故乡洪洞县，来到我准备创作的长篇小说《巨树》的定点深入生活地：大槐树镇营里村。我把定点深入生活地点放在这里，是有私心的，我爷爷出生在这个村庄，他是从这里的阎家过继到二十里外的甘亭镇李村的。我从少年时代起，就对这里充满了寻根的好奇。在我的笔下，营里村原来叫皂铁庄，因为抗战时阎锡山的晋绥军警卫营曾在这里驻扎，所以改名为"营里"，——这实在是一种想象的移植，营里村历史上因为处于汾河和涧河的交会处，犹如二龙戏珠，春秋末期即名"龙坡"，东魏孝静帝时派大将木耳连杰在此扎营防御异族，改名为营里。而我杜撰的"皂铁庄"，原型则要沿着汾河南行十几里水路，是汾河滩涂上一座被遗弃了三十多年的老村落，那是我外公的村庄，我孩提时曾在沟渠间的那棵巨大皂角树下玩耍，这棵象征着人民力量的巨大皂角树就是书名《巨树》的由来。每次当我读到穆旦的诗句："而赐生我们的巨树永青"，都会失神地想起那棵春天黄色的花蕊如同鸟雀的黄嘴，而秋天又满树悬挂着如铁如刃的皂角树来。在创作这部作品的过程中，我需要不断地回到这里，观察这里的植被种类、季候变化、风土人情，我需要不断地和老老少少的人们交谈，听老年人回忆，审视年轻人身上残存的祖辈的影子，在田野的风中感受心灵的交汇如同历史的天空风云际会间游走的闪电。

我总在不断地回到故乡，每一次都感觉到返回心灵牧场和精神家园般的如沐春风。每个作家都有自己的写作富矿，离不开自己最充沛的生活资源，那里有他最熟悉的人们，有赋予他灵感和激情的土地。即使在把抗战历史作为主要创作方向的现阶段，我也没有中断乡土文学的创作，因为"魂梦系之"，那些人物和他们的命运故事常常自己就"入梦来"，成为我笔下的形象。每次回乡，我都没有带着"采风"的功利目的，我是回到生养我的晋南沃土上去修养心灵的，但每次离开时，除了汽车后备厢里被塞满了米面瓜果豆角红薯，心里也记住了七叔八舅三姑四婆，足够我在一段相当长的岁月里慢慢咀嚼，慢慢书写。

《中国战场之共赴国难》出版之后，作为一种休息和调整，我完成了长篇小说《众生之路》。这部作品，可以说是《母系氏家》的续篇，不同的是，《母系氏家》是我依赖对乡村生活和人物的记忆创作完成的，时间跨度是从20世纪50年代到世纪末我离开乡村的时候；而《众生之路》则是从20世纪80年代直到现在，是在我结束四年的挂职体验生活离开故乡，又不断地回到故乡的过程中，看着、听着、想着、写着，几乎是亦步亦趋地完成的，她写了一个小村庄固守了三千年的传统农耕文明，在21世纪初迅疾生长的工业文明摧枯拉朽般的冲击下，终于变成工业园区的过程，也记录了男女老少们的坚守与妥协，他们的生与死、爱和恨。乡村精神乌托邦的毁灭过程，令我感到触目惊心，心灵的隐痛有口难言，我没有权利成为评判者，我能做的只是用文学的方式去呈现。2016年8月在北京召开的"新世纪'三晋新锐'作家群研讨会"上，评论家胡平老师说：李骏虎从《母系氏家》的表现到《众生之路》的呈现，显示了一个作家的成熟。还有专家认为《众生之路》写出了时代的痛感。

我有痛感，是因为我的根扎在这片土地上，我和那里的人们魂梦相依,在乡村城镇化的进程中,他们离开祖先的土地,扯断世代盘根错节的根须时,怎么会不感到疼痛呢?我的写作,不是为了疗伤,而是为了人们有一天可以从我的作品里寻找到他们的乡愁。

寻找并廓清一段历史

我们山西作协的办公楼，是阎锡山在太原的一处老宅，属于太原市的文物保护单位。据说，五妹子阎惠卿生前一直住在这里，因为历史并不久远，这一点是确凿的。出了南华门东四条，左拐就是府东街，如今省政府的办公大院，就是阎锡山当年的督军府，也是后来的绥靖公署。我从开始写作就常跑作协投稿、开会，三年前又调到作协工作，每天进出于阎锡山曾经进出的宅第；张平主席又是山西的副省长，找他批文件就要去省政府，——往返于阎氏老宅和"督军府"，没有想过有一天会拽着他顺藤摸瓜，探究才去不远的那段历史。

作为深受"山药蛋派"影响的山西作家，我的写作从现实主义起步，但是，审视自己的创作和作品，依然有大的不满足，尤其是长篇作品，明显缺乏大作品不可或缺的历史背景。没有对历史的参照和思考，对现实的表现和关注就是无力的。于是，就有了寻找一段可表现和把握的历史的想法，通过廓清历史，形成自己的认知观念，并为创作和作品提供一个深远而强大的背景。

在这个潜在的设想左右下，进而想到山西在抗日民族统一战线时期的重要地位和复杂形势，就查阅了从阎锡山请薄一波改组牺盟会到"晋西事变"国共决裂的史料，一下子就陷入这段历史当中去了，并且产生了强烈的创作冲动。这个时候中国作协征求定点深入生活创作项目，我就顺理成章地申报了这个选题。申报通过后，我先后在晋西南乡宁县采访了当年著名的"关王庙战斗"遗址，还有阎锡山指挥第二战区反攻日军的云丘山"五龙宫"，以及这一带的人文地理遗址。又带着行李来到隰县，采访到了"山药蛋派"五老之一西戎老的发小、和他一起参加牺盟会的92岁高龄的常培军老人。

这次定点深入生活对我来说是一次历史常识扫盲。关于山西对华北战线以及全国抗战的地位和贡献，还有随着抗战形势不断变化的政治和军事博弈，之前我还没有读到全面和正面表现的大作品。有大量的一手资料（书信、回忆文章）和当年的亲身经历者可以确证，以牺盟会为基础的抗日救亡统一战线的形成和山西新军的建立，全民抗战的发动，还有持久战、游击战等正确战术的运用，这些对中国人民抗日战争的最后胜利、对八路军的发展壮大、对后来的全国解放都是做出巨大贡献和具有决定意义的。而表现这一时期复杂的政治和战争形势、塑造山西战场的爱国将士的文学作品还相当匮乏，从这个意义上说，作为一名山西作家，我有这个责任和义务去完成它，让在那个民族危亡的关头，各个营垒、不同立场的热血儿女的爱国热情和献身精神得到展现和留存，他们捐弃前嫌、共御外侮，他们都是爱国者，都应该得到我们的敬仰和传颂。

对于我来说，廓清这段历史还有一个意外的收获，那就是通过对历史真实的探究和认知，形成了历史观念和对现实的参照，有了这个参照，站在历史角度审视当下、反观时代和社会就有了一个质的变化。用历史眼光看当下，还是站在当下看当下，对一个作家的创作来说是两个概念，对于作家本身来说也是两种眼光和境界。

我是晋南的泥土捏成的娃娃

  我是个晚熟的人,创作上也是这样。"出道"不算晚,1995年就开始发表短篇小说,之后的十年间,却一直在"怎么写"和"写什么"之间兜圈子,很多年里,我没感觉自己的技艺有什么提高,甚至丢失了很多东西,像一辆没遮好帆布的煤车,一路抛抛洒洒。甚至,我多次觉得自己江郎才尽了。2007年在鲁院学习期间,听到了各个艺术领域的专家精英的讲座,触类旁通,茅塞顿开,领悟到这十几年的创作没有大的起色,问题在从来没思考过"为什么写作"这个问题,于是对作品的思想力量和精神向度有了一个顿悟。长达四年的挂职体验生活和短暂的鲁院学习生活,这一前一后真是个奇妙的组合,它们接力完成了对我的潜移默化,获"鲁奖"的小说《前面就是麦季》就是这个变化之后的作品。
  2005年,在山西作协的安排下,我回到故乡洪洞县挂职体验生活。在外求学、工作多年，重新回到农村，我发现自己的血脉里流淌的农民的血液一点没有变质，我是那样的渴望回到庄稼地里去劳作，走在村里的大路上我感觉是那样的坦然，和乡亲们搭几句闲话都让我觉得快乐和幸福，我从灵魂深处对生我养我的那块土地充满了无法形容的热爱。因此2007年的秋天，在鲁院311宿舍写下这个小说题目的时候，我的浑身洋溢着对故乡的土地、庄稼和人们的爱和幸福感。也是在鲁院期间，我的女儿出生了，我成了别人的爸爸，突然就懂得了人世间最大的幸福其实是付出爱，能不求回报、毫无保留地付出自己的爱，就是真正的幸福和快乐。《前面就是麦季》是一部关于付出爱、关于乡村生活的诗意、关于生命的生生不息、关于灵魂的纯净的小说，但它首先是一部关于爱的付出的作品，付出爱，获得心灵的幸福和灵魂的安宁。这是主人公秀娟的信仰，是中国乡村女性的信仰，是和土地朝夕相处的人们的信仰，也是我这个泥土捏成的娃娃的信仰。

晋南，就是尧舜时期的中国。也即远古部落联盟的所在地，所以也叫国中之国。自五千年前尧天舜日的"公天下"时代始，这里就是一块富强、文明、民主的土地，"日出而作，日落而息"，生活在这里的人们不但享有文明开蒙的曙光，并且每年能够享受两个收获季节，他们不但收获秋天，而且收获夏天。他们的文明程度更高的原因之一，就是夏天收获的麦子是主粮，而秋天收获的粗粮多用作牲口和家畜的饲料，只有年景不好的时候才做人的添补口粮。文明和麦子成为晋南民风清正、民心淳朴的养料，这里的人们的灵魂里，白天阳光普照，夜晚月朗风清，娃娃们一生下来，就先天地遗传了这种灵魂的纯净。

霍麓之南，汾河以东，有晋南最肥沃的土地和最纯正的农民，文明的源头在这里，人性的大爱也在这里。我在这块土地上出生并且做了十八年真正的农民，却享受了五千年文明的雨露恩泽，用一头牛拉的木耧播种，五千年前尧爷爷、舜爷爷摇过，五千年后他们的子民依然在摇，五千年的时光凝结在这里，明净、温暖、祥和、欢乐，鸡鸣犬吠，荷锄挑担，古语问答，古风蔚然。这里的麦季，正是一年一度阳光炙烤下的狂欢节，在那些走向节日的日子里，每家每户都用生活谱写着故事，老姑娘秀娟家里，弟弟福元因为不能生育，要抱养一个孩子来延续香火。抱孩子仿佛一个隆重的仪式，全家人都参加了，都兴奋了，虽然这种兴奋只是为了换来更平常的生活。孩子过满月，要遵从风俗礼仪，图的就是个喜洋洋、闹哄哄、乱糟糟。热闹过后，却给老姑娘惹下了闲话，满村子的嘴都在猜测一件蹊跷事，她们家却成了净土。为了捍卫秀娟的尊严，弟媳妇红芳和两个长舌妇人打架。老实本分的福元对姐姐担心到魂梦系之。当尘埃落定，麦子散发出尘土的香味，我们才看到了秀娟纯净的灵魂和无私的大爱。

  这就是我的中篇小说《前面就是麦季》的背景和故事，有人说，写的是一首生生不息的生育诗，也有人说描绘的是乡村生活风情画卷，这都不错，但我创作她，只是为了向故乡那些有着纯净的灵魂的人们和他们心底的大爱致敬。《前面就是麦季》之后，我有了以秀娟的母亲兰英、秀娟的弟媳妇红芳和秀娟三位乡村女性的命运为主线创作一部长篇小说的想法，写成了长篇小说《母系世家》，因此可以说，《母系氏家》是中篇小说《前面就是麦季》的长篇版；《前面就是麦季》是长篇小说《母系氏家》的浓缩和精魂。

《母系》的前面就是《麦季》

《母系氏家》是我获"鲁奖"的中篇小说《前面就是麦季》的长篇版；《前面就是麦季》是长篇小说《母系氏家》的浓缩和精魂。

2005年前后，在山西作协的安排下，我即将回到故乡洪洞县挂职体验生活，在将去未去的空当，我想起故乡村中的那些人们，以他们为原型写了个小说，原本设想的是个长篇，写到五六万字的时候，要正式下去上班了，只好搁笔，又正好一位编辑老师约稿，就交给他以中篇的形式发表了，取个题目叫《炊烟散了》，一听就是个写乡土风情的小说。按下不表。

2007年在鲁院学习期间，回顾自己在外求学、工作多年，以及重新回到农村的这几年，我发现自己的血脉里流淌的农民的血液一点没有变质，我是那样地渴望回到庄稼地里去劳作，走在村里的大路上我感觉是那样的坦然，和乡亲们搭几句闲话都让我觉得快乐和幸福，我从灵魂深处对生我养我的那块土地充满了无法形容的热爱，想起这些，我的浑身洋溢着对故乡的土地、庄稼和人们的爱和幸福感。也是在鲁院期间，我的女儿出生了，我成了别人的爸爸，突然就懂得了人世间最大的幸福其实是付出爱，能不求回报、毫无保留地付出自己的爱，就是真正的幸福和快乐。我想，我应该写一部作品，献给那些灵魂纯净的人们和与他们的生命同在的大爱！就这样在鲁院311宿舍写下一个题目《前面就是麦季》，它是一部关于付出爱、关于乡村生活的诗意、关于生命的生生不息、关于灵魂的纯净的小说，但它首先是一部关于爱的付出的作品，付出爱，获得心灵的幸福和灵魂的安宁。这是主人公秀娟的信仰，是中国乡村女性的信仰，是和土地朝夕相处的人们的信仰，也是我这个泥土捏成的娃娃的信仰。这部小说成为我在《芳草》双月刊的小说年度专栏的第一篇。

　　《前面就是麦季》的主要人物秀娟是《炊烟散了》的主要人物兰英的女儿，把这两部作品按时间顺序排列，不但形式上统一，而且《前面就是麦季》的精神向度使得这方面有所欠缺的《炊烟散了》也一下子有了灵魂和思想，使得我很顺利地完成了长篇小说《母系氏家》。2008年第4期《十月·长篇小说》头题发表了这部只有十万字的长篇小说。2009年，挂职结束调到山西作协工作后，我用了三个月的时间，把它重写，重写的《母系氏家》是原来篇幅的两倍。

　　为什么要重写这部小说呢？两个原因：一是我希望它能成为我的代表作；二是我希望它能开一个从风俗史和人的精神角度去描写乡村世界的先河，我希望我呈现的乡村是醇香的原浆。而原先的《母系氏家》达不到这两个目的，有三个原因：一个是原先的结构和叙事都有明显的中国古典话本小说的痕迹，线索和人物关系都比较单一，不具备一部厚重的小说的复调结构和交响乐的效果；二是自然和社会背景过于淡化，时代感和风俗味不足；三是人物的精神世界缺乏广度和高度，造成作品的精神内核不够强大，感染力有余而冲击力不够。这些都不是简单的修改所能解决的，因此在和陕西人民出版社签订了出版合同后，我决定用比较长的时间来重新写作。这一重写，收获很大，发现原来的故事节奏过快，缺少闲笔。一部好的长篇小说，要把人物命运放到社会时代背景上去，既要把风云变幻写出来，也要把风土人情写出来，而且，在故事进行的过程中，要有意识地慢下来，或者干脆跳出故事，去谈点题外话，或者写写风景，这样才能更好地把握节奏，让小说离故事远一些，靠艺术近一些。再就是，小说的灵魂人物由原先好强的母亲兰英，渐渐转移到了善良的女儿秀娟身上，这个姑娘，终生未嫁，"质本洁来还洁去"，对她的世界里的人们给予了博大的爱和无限的包容，她是乡村精神世界里淳朴和美好的高度凝结体，她的灵魂是纯净和高贵的。要塑造这样一个菩萨和圣女般的人物，用中国话本小说的技法是无法完成的，只能借鉴西方名著的方法去刻画她的精神世界，好在，我阅读过许多大师们的杰作，他们能够像上帝一样指引迷途的羔羊，使它回到丰美的草地，也能使我的精神回到我笔下的故乡。

重写《母系氏家》，也完成了我对中国话本小说技法和西方文学精神叙事的双重借鉴、融和运用的尝试，我自嘲为"混血小说"，《前面就是麦季》正是这个混血儿纯净的灵魂。

《奋斗期的爱情》修订本附记

是的，我正是借本书再版之机附庸风雅，又一次模仿我钦敬的大师们的做法——我看到雨果1832年的十月在《巴黎圣母院》再版时写了《定刊本附记》，才想起写这样一个附记。

必须要承认，十三年前，在《奋斗期的爱情》创作之初，我就笨拙地模仿了三位大师，首先，是在思想方式和创作态度上模仿了卢梭的《忏悔录》；而用分卷的形式来划分章节，并且给每个章节都用一句点题的话来提纲挈领的做法，显然就是雨果的作风；在那之前，我还无比热爱地阅读了陀思妥耶夫斯基的《被侮辱与被损害的》和小仲马的《茶花女》，尤其在行文风格上受了《被侮辱与被损害的》影响，以至于使这部小说在当时显得有些与众不同。

正是基于如上三方面的原因，在我二十五岁的时候创作完成了这样的一部小说，当时是2000年，在我对它没有任何判断的情况下，得到了《黄河》杂志主编张发老师的推崇，在当年的第三期头题发表。接下来，我怀着初生牛犊不怕虎的精神，把杂志寄给了长江文艺出版社的李新华老师，然后就收到了她寄来的合同（10年），居然和当时已经功成名就的一批作家老师们一起入选了长江文艺出版社的品牌书系"九头鸟文库"。正是从那之后，我开始参加山西作协组织的一些采风活动，记得在长治的一次采风中，我在毫无思想准备的情况下，在很多场合包括月辉泼洒下的西井镇的乡间小路上，被和我年龄相仿的当地作者和读者围拢起来，听他们诉说着自己的故事和《奋斗期的爱情》的共鸣，有一句被重复多次的话击中了我作为一名作家的自觉，他们说："你写出了我们这一代人的痛感。"在他们突如其来的热烈拥抱中，我第一次体会到作家的感觉和作品的力量。

　　这本十几万字的小册子，是我的第一部长篇小说，也是第一部"一气呵成"（雨果语）的长篇小说。甚至可以说，是目前唯一一部一气呵成的小说，我用了三个月的时间，每天写三到五千字，那是最理想的创作状态。雨果说："接枝法和焊接法只会损害这一类型的作品，它们应该是一气呵成的，生就如此的。"而其后我的多部作品，包括畅销书《婚姻之痒》和代表作《母系氏家》，多少都运用了当时流行的"接枝法和焊接法"，只有《奋斗期的爱情》是一气呵成的。这个相当重要，它决定了作品的"成色"和质地，因此2012年接受文学评论家张丽军博士的访谈时我说：

　　《奋斗期的爱情》可以看作是我的心灵自传，也是我最初和最纯粹的文学观念形成时的重要作品，现在看，艺术上虽然粗糙了些，但精神指向却是最纯粹的。那个时候，刚刚读过卢梭的《忏悔录》和陀思妥耶夫斯基的《被侮辱与被损害的》，受到很大震动，激发了创作冲动，调动了生命体验，写作中难免笔调沉重和有痛感，但它却是我的文学观最初形成时的基石，是一个文学青年对文学诚挚的敬礼。

现在，我已经不能准确地记起来，为什么要把主人公李乐设计成一个侏儒的形象，他究竟是受了哪部名著的影响，而他也是我写个人生命体验的几本书中，唯一从我身上脱离开来而形成的一个艺术形象，仿佛灵魂出窍，这也是《奋斗期的爱情》在文学艺术上要比后来的《公司春秋》和《婚姻之痒》品质和成色更要好的地方。如果考虑到我那个时期窘迫的生活环境和燃烧的理想之火的矛盾话，李乐还真是我的精神化身，他的侏儒形象隐喻了我内心深处深深的自卑感，而他像火一般燃烧的理想，像风一样呼啸的勇气，以及像疯子一样与现实的搏斗，同时又是我那个时期的精神状态的写照。我想，这一次我总算把有关于《奋斗期的爱情》的一些事情说清楚了。

如果说有什么创举，那就是我在给小说中的人物起名字的时候，套用了古人的名字，以便于使我的人物性格和古人的名字对号入座，也为了避免现实中的人和小说人物对号入座，没想到这样的做法还得到了很多朋友在创作时的模仿。

那么，有什么必要在十三年后再版的时候去修订它呢？雨果说过："作品一旦出版，它的性质不论是否雄伟，只要一经肯定，认识和宣布，就如同婴儿发出了他的第一声哭喊，不管是男是女，它就是那个样子了，父母再也无能为力了。它今后属于空气和阳光，死活只好听之任之。你的作品是失败的吗？随它去吧，不要给失败的作品增加篇章。它不完整吗？你应该在创作时就使他完整。你的树木弯曲虬结吗？你不可能使它再挺直了。你的小说有病吗？你的小说难以成活吗？你无从把它所缺乏的生命力再赋予它。你的戏剧生来就是断腿的吗？我奉劝你不要去给它装上木腿。"好在，我要做的不是增加篇章、使树木挺直和安装木腿的工作，这部小说也不缺乏生命力，我要做的只是修枝剪叶的工作。这次所谓的修订，除了对当年用得不是很恰当的词句进行修改，还做了一点点润色的工作，然而最大的改变是扬弃了章节划分上对雨果作品的模仿，因为我发现只有雨果神一般的巨著才可以分卷，每卷分章，每章分节，而我这本薄薄的微不足道的作品，居然也敢采用分卷的形式，当年真是年少轻狂，自不量力啊！因此，我用扬弃这种形式来表达我对雨果的敬畏！

古人说，文无第一武无第二，大概每个作家都觉得自己是被低估了的，厚着脸皮说，我也是这样。当然这里面有很多客观因素，比如对评论家的不屑，对宣传的不屑，更多的是内心深处的狂妄自大。因此，我至少认为《奋斗期的爱情》和《母系氏家》是被低估了的。《奋斗期的爱情》当年初版的时候只印了八千册，大概给图书馆配送一下子，书店也就没几本了。因此在网上书店有书影和介绍，点击的时候却没有存货，大概最近几年来都是这样。而更有趣的是，几乎所有网络销售渠道关于这本书的广告语都是一样的，它来自我的好友陈玉龙先生当年在《中华读书报》书评版头题发表的书评《和小说共鸣》，在当年为数不多的关于这部书的书评中，玉龙兄的这篇千字文居然不多见地发在头条位置，可见他的文学评论造诣之深以及对拙著的准确判断，因此当北岳文艺出版社要再版《奋斗期的爱情》时，我和续小强社长商议把这篇评论拿来作为序言，他欣然同意了。小强兄腹有诗书，交游广博，种种选题，令人振奋，因此我有意渐渐把自己作品的版权都往北岳社归拢，这世界上的事情，看你怎么做，更看你怎么看：你如果把北岳仅仅看作北方的一座山，那它就有了地域的偏僻；但是如果你把他看作五岳之一，那它就属于领秀天下的五座名山。

当年《奋斗期的爱情》初版后,有前辈恩师说它过于"拘谨"了,也有朋友开诚布公地指责它"写得太笨",更有文学评论家不屑一顾,我知道,很多情况下是因为我惯有的倨傲的态度造成的,其实心底里还是接受并感谢他们的批评的。难得的是,在太原文联举办的一次文学讲座中,《奋斗期的爱情》得到了文学评论家施占军老师的肯定,说它具有经典的品质。这给了我莫大的鼓舞。

就是要你疼痛（《婚姻之痒》后记）

在长篇小说《婚姻之痒》的结尾，我安排了女主人公庄丽含恨死去，这是经过慎重考虑的，是决定摒弃文学意义上的完美，以更直接的方式给婚姻现实和现实婚姻中的人一个警示。我知道这种文以载道的写法是为现在的读者所厌弃的，但我不能说服自己，还是用了这样忐忑却理所当然的结局。

果然在网上一直跟读的数十万读者中的绝大多数因为这个结局而对我和男主人公马小波怀恨在心。与一直以来受到的赞誉和鼓励不同，最后我们落入了绵延至今的毁骂和指责之中，在读者的口水里挣扎。其实，早在我打算用一个悲剧戛然而止之前，有敏锐的读者已经预感到了结局的不完美，他们开始对我进行"威逼利诱"，唱红脸的说：我们相信作者是善良的，他会给我们一个美好的结局；唱白脸的说：如果你敢用悲剧结尾，我从此不再买你的书，也不再把你的作品向别人推荐，你将失去一个忠心的读者。更有心者替我设计好了结局，让我参考或者干脆按照他的提纲去写。

这些善良的劝说让我感动，我一度为之动摇。思之再三，我还是固执己见，按照自己的心灵指向完成了结尾。虽然早有心理准备，毁骂之烈还是出乎我的意料。指责和诟病的焦点是庄丽的死去，她的命运与多数读者所期盼的理想化的美好结局反差太大。从中，我看到了善良和美好依然是多数人的美好愿望，也看到了人们耽于安逸、害怕变故的脆弱心态。置身于社会变革阶段，竞争的激烈、人际的紧张、信任的危机、道德的沦丧，都使人们感到疲惫和厌倦，自觉或不自觉地逃离和回避。当在现实中逃无可逃时，精神世界便成为人们最后的皈依家园，于是，他们希望从小说中、从影视故事中读到轻松、温馨、成功和感动。正是这种心态，催生了无数只讲娱乐不讲艺术、只讲现状不讲思想、只讲安慰不讲批判的小说和影视作品。它们像遍地的螺蛳壳，为软体动物们提供着精神的庇护，并鼓励和利诱着艺术品的生产者的创作方向。然而，有谁见过自欺欺人的安全和美好能够成为现实？我们总是把臆想主义和理想主义的概念混淆。诺贝尔在他的遗嘱中强调的获文学奖的作品必须是"理想主义"的，我想他不是鼓励文学家们去制造逃避和臆想的东西，他所指的应该是直面现实、改变现实的理想主义精神，比如《老人与海》里的那种悲壮而伟大的胜利。

说到理想主义，我想到如今走红的作家们作品里这种精神和道德批判的缺失，更可悲的是，他们公然宣布对文学高峰无意企及，只是为生存而写。还有那些20世纪80年代出生的年轻人，他们在获得巨大的商业上的成功后，面对批评家"没有思想、没有激情、无病呻吟"的忠告，他们的态度是：从来没想过当作家，只是想写就写。我想，他们确实不是作家，虽然他们的作品印数上百万，那些以个人经验和隐私为卖点的读物，的确跟文学无关，对于他们以及他们作品的研究，不属于文学的范畴，应该从社会流行文化的意义上去研究。有谁见过没有灵魂而活着的人，有谁见过没有理想主义精神和道德批判的著作深入人心？

　　我承认，《婚姻之痒》里没有理想主义的精神，只有刻意的道德上的审判。我们需要直面婚姻，反思婚姻，而不是无视矛盾粉饰幸福；我们必须坚强地直视伤口，并有足够的勇气撒上一把盐来感受它刻骨的疼痛，逼迫自己从灵魂深处进行反思和忏悔。先俯察灵魂深处，我们才有资格仰视理想的光芒。

漫不经心花怒放

你看，题目是两个成语，连体，我要说的是散漫的文学之心和喜悦的世俗之心。

三年前，我因为把生活写光了，回故乡洪洞挂职锻炼，暴露了自己的功利野心，只管当官忘了写作，三年没完成一个小说作品，无论长短。2007年9月到鲁院学习，好比一个纨绔突然削发进了寺院，唤回了修行之心，读书、写作、听课、讨论、交流，在校期间恨不能把失去的光阴都追回来，拼命地写啊写。走出校门后，人整个儿蔫了，文学的雄心平复了，用文学去向世人说明什么的企图没有了，觉得，小说嘛，也用不着像前些年那么闹心，我们有什么值得写出来让别人花费时间去读的东西呢？自己的脑袋有多聪明要去左右别人的思想呢？最享受最得体的还是听凭自己的心去写自己觉得值得写写的人和事、生活以及命运吧。

我从来没想到我会对文学和小说漫不经心，而且感觉这么心安理得。

《前面就是麦季》，有一个背景，就是我在鲁院写的长篇《母系氏家》，婆婆、闺女、媳妇两代三个农妇的命运，长篇的主角是从新媳妇熬成婆婆的兰英，本来立誓不嫁人的闺女秀娟只是为表现她母亲兰英的命运和内心而存在的，只是在鲁院期间，时间太宽裕了，而且有几片素材放着一直没用过，我就想把秀娟的故事和人物再丰满一下，于是她就成了主角，她妈兰英就成了配角，拼凑成了这篇《麦季》。

马顿在我的博客上看过这部小说的草稿后说，你写的那些人，无论生活得如何，都是好强不屈服的，农村里的人们都是这样。这一点，我自己都没从人物身上发现，想想，这些人并不是我的创造，我只是尽量如实传神地描摹他们，他们本身就是那么有心劲的人，争强好胜，不蒸馒头蒸（争）口气，在岁月的荡荡洪流中坚韧地活着。表现他们和她们的生活，我是没有匠心的，我不会编织高明的故事，我只是个漫不经心的记录者，只是，我知道他们在想什么。

鲁院期间，我的女儿李一诺出生了，我成了爸爸，我想，她一定催化了我的文学观念的变化，对她的深深的爱，让我觉得自己脆弱的心开始变得坚韧。她有心或者无心的一个亲昵的动作或者眼神，都令我心花怒放，我在多年对生存意义的质疑之后，体会到了生命的喜悦，我发现自己如此地热爱生活。

当写作成为一种活着的需要，漫不经心实在是一种幸福；当付出成为最大的幸福，那只有一个理由：爱。

感谢《芳草》文学杂志主编刘醒龙老师和我鲁院的同学郭海燕为我开设年度小说专栏；感谢刘晓闽女士，这是我的小说第一次被《中篇小说选刊》转载。

猜想尹先生

——《忌口》创作谈

没有尹先生这个人,他只是小雅生命里缺失的那一部分,以及她对未知人生的猜想。

以上这句话,就是我要在这篇创作谈里表达的全部意思。但它的确太短了,像个题记,不像创作谈。我还得再写点什么。——这种情形就如同我们的人生,即使最精彩和有意义的阶段过去了,但因为生命还在继续,就还得做点什么,说点什么。

热播剧《我的前半生》的导演说,现实生活中并没有贺涵这样的人,这个人物完全是虚构想象出来的,是为了满足女性观众对完美男人的梦想。但这个人物却产生了巨大的人格魅力,大放异彩、深入人心。艺术和理念共同制造了超现实的效果和力量。这对于习惯依赖人物原型塑造典型人物的我们,是一个不小的观念冲击。除了历史剧,我不怎么追国产剧,但这次不可遏止地看完了《我的前半生》。虽然我还谈不上年纪大,也不算封闭落伍,里面的很多现代生活方式和观念还是让我觉得新鲜,我不能不承认,紧追慢赶,我还是落后于时代,对时代环境和现代生存方式不甚了解了。被时代遗弃,这对一个作家来说是可怕的。追完这部剧,我特意请了一天假,坐高铁去北京的SOHO去参观了一下。朋友接我进去,我绕着巨大的玻璃城市一样的写字楼内慢慢走,穿行在不计其数的大小公司之间,它们有的在一个玻璃隔间内自成一统,有的就在大厅内一排排长桌上搁台手提电脑"露天"办公,最小的公司干脆就在某一株绿植下摆一张桌子。我仿佛走进了《我的前半生》的剧中,我想,全国数以亿计的创业青年都生活在这样的环境中,他们对剧中现代的办公环境习以为常,而我作为一名作家却如刘姥姥进了大观园,这太可怕了。

不能被时代抛弃,这就是我喜欢和"80后""90后"交朋友的原因。这篇小说的灵感就来自于我鲁院两届的同学、"80后"代表作家蒋峰讲给我的日本实验电影《荷包蛋的N种吃法》,我想用现代手法来塑造现代人格。因此,就像没有贺涵这个人一样,也没有尹先生这个人,他只是一个猜想。

或许也没有小雅这个人,她也只是我的猜想。就是这样,人的生命历程就是一个猜想的过程,虽然它有着多种的表现形式:梦想,理想,幻想,设想,构想,冥想,痴心妄想,种种不同,其实都是对未知人生的猜想。这种猜想有时候会具象化成一个寄托物,有时候会幻化成一个人。小雅猜想了尹先生,而我猜想了小雅。

有一种不可避免的猜想是,我是不是尹先生?我回答不了这个问题,在这个空气污染和精神污染逃无可逃的环境里,我是一个连自己都不满意的粗粝可憎的人,但这不代表尹先生不可以是我内心深藏的精致和儒雅;也或许,我是个表面稳重、做事谨慎的人,而尹先生是我天性里从未示人的自由和放纵。我不是尹先生，尹先生却是我。

但或许也没有我这个人，我不知道是谁的猜想幻化出来的。

谈我的创作转型

　　自2008年在《芳草》发表了乡土题材的中篇小说《前面就是麦季》，2009年在《十月》发表了乡土题材的长篇小说《母系氏家》，继而这两部作品分别获得鲁迅文学奖优秀中篇小说奖和赵树理文学奖长篇小说奖之后，尤其之后我又转入历史小说的写作以来，不断有关心我创作的师友、读者和媒体的朋友询问我不断调整创作方向的原因。我想，有些内在因素虽然不足为外人道，但梳理一下子还是不难搞明白一些的。

　　我二十多岁时，从县城调到省城工作，环境的变换对我造成感受上的刺激，对社会和人性产生了诸多思考，也是由于当时正处在对爱情感受最强烈的年龄，这一切的生命体验造成创作的冲动，所以那个阶段写的有关城市生活体验、感情体验和个人精神世界的作品比较多。靠调动个人体验创作，这在一个青年作家，是很正常的阶段。

从世纪之交到2004年的四五年时间里,我都处于自己的第一个创作阶段,就是写个人体验,是一个年轻人从农村来到城市后对爱情、人性、社会的感知和书写,集中发表了很多作品。但是很快出现了问题,写作素材开始重复,而且重复使用率越来越高,一个素材,短篇用了中篇用,中篇用了长篇用,我开始恐慌,发现生活储备真的可以用尽,第一次,我切身体会到作为一名作家,应该把表现对象从个人体验转移到社会大众。我开始向省作协寻求帮助,积极要求深入生活,正巧省作协物色青年作家挂职体验生活,我就被派回故乡洪洞县挂职县长助理,并且积极地投身了当地的实际工作。

然而,我没有想到,作为一名作家,我缺乏的,不仅仅是对现实生活的了解,更是对时代变化和社会状况的基本认知。即使回到了我的故乡,即使再次面对我熟悉的人,也让我产生强烈的陌生感,——这种陌生感,就是一个从个人体验出发的写作者和现实生活的距离。就是在这个时候,我把笔触转回我生长了二十年的乡村,开始写我最熟悉的那些人和事。其实中国并没有完成人的城市化,我们一直生活在一个大乡村,中国人的思维和精神都还是乡村社会的传统思想,所以只需写好乡村,足以把人的精神走向和政治生活表现出来。当然,写过去的乡村生活不足以表现当下的时代价值和社会状况,但文学的任务是分区域的,对于我来说也是分阶段的。我通过从过去到现在乡村的书写,完成对从个人生命体验到对更广大的世界的关照的过渡。从一个狭窄的视角,转为较为广阔的视角,这是作家走向成熟所应该经历的,是自然的阶段转变,而不是什么刻意的转型。

2007年后半年进入鲁迅文学院第七届高研班学习后,鲁院浓厚的文学氛围和科学的教学安排，调动了我尘封多年的生活储备，接连完成了多部中篇小说和一部长篇小说。回过头来看，挂职体验生活，得以近距离地直面社会现实，使我深刻体会到生活远比想象要精彩，它就是作家取之不尽、用之不竭的创作源泉。多年的挂职体验生活，同样改变了我的文学观念，使我从热衷各种探索和实验渐渐回归到现实主义的创作道路上来，发现现实主义才是最先锋的，走现实主义道路的作家，是最具有探索精神的，他们直面现实、直面矛盾、直面人的生存现状，同样直面人的精神境遇，他们是时代的代言人，也是历史的记录者。放眼世界文坛，托尔斯泰、巴尔扎克、狄更斯等等等等，伟大的现实主义大师灿若星辰，那些烛照我们心灵的伟大作品，那些引领着人类永不停歇的精神脚步的大师，莫不是现实主义道路上的实践者和探索者。他们为人类留下不朽的精神财富，他们对芸芸众生的悲悯情怀，他们对人类博爱精神的讴歌，永远激励着我们前行的脚步，也成为后辈作家仰望的灯塔和精神导师。

作为一个作家，我对自己有着清醒的认识，我是一个理念先行的作家，对自己的创作阶段，我也能够清楚地预见和把握，如上所述，目前我的创作经历或者正经历着四个阶段：第一个阶段是写个人体验，是一个年轻人从农村来到城市后对爱情、人性、社会的感知书写，这个阶段有很多作品，短篇小说如《流氓兔》《局外人》《解决》，长篇小说如《奋斗期的爱情》《公司春秋》《婚姻之痒》，当然更多的文字谈不上是作品，只能说是练了笔，回报是当了一回畅销书作家并获得了庄重文文学奖。第二个阶段是寻根写作，回归到自己最熟悉的农村，以故乡的风土人情和人物为对象，书写他们的精神和生存方式，这是最得心应手的一个阶段，作品不多，但带给我的荣誉最多，比如中篇小说《前面就是麦季》获得鲁迅文学奖，长篇小说《母系氏家》获得赵树理文学奖。第三个阶段在我的计划中原本是要写当下，写时代，写城市和社会，但我发现我没这个能力，我把握不住时代脉搏，也看不清时代方向，更不知道这个时代人们恒定的价值观念是什么，无法把复杂的现实和人性转化为作品，于是为了锻炼自己的眼光和思考，我决定先选取一个历史阶段来做个深入研究，也就是说通过对历史的认知和历史小说写作，来锻炼自己的历史眼光，然后再用历史眼光来观察当下。于是乎，第三个阶段就变成了历史小说写作，我选取了抗战时期对全国有着重要的战略意义的山西抗日民族统一战线，在中国作协的帮助下到晋西南定点深入生活，采访并搜集各种资料，原本打算写一系列的中篇或者一个长篇来表现当时全民族同仇敌忾的爱国精神，结果只写出了一个中篇《弃城》，发在《当代》上。直到最近，才由完成了一个相关题材的短篇《刀客前传》，并真正进入长篇小说《共赴国难》的创作状态。然而我的终极目的是第四个阶段，能够像巴尔扎克一样书写当下，书写我们身处的这个时代。

因此，评论家傅书华博士在《笔走龙蛇也各呈异彩——2012山西中短篇小说年度报告》中对我下了这样的判断：

"李骏虎在本年度发表的三部中短篇小说中，最重要的自然是中篇小说《弃城》了。《弃城》以真实的史实为写作基础，写阎锡山部下的一个旅长，带领自己的部队，在自己的家乡——隋唐时代所建的极为险要的军事要塞打击日本侵略军的故事。史料的引入，地理景观的如实再现，事件的构成，都显示出作者力求给读者以历史史实真实感的努力。小说的内容是坚实的，故事是引人的，人物性格的塑造也是生动的。但作品对于李骏虎创作的真正价值不在这里……这部作品之于李骏虎的意义在于，李骏虎在对现代都市中青年一代人的现代生活及中国乡村生活进行了大量相对成功的描写之后，试图从《弃城》入手，走进历史的深处，洞悉历史的真相，从而在观察今天多样、浮躁、平面的社会现实时，具有历史纵深感的眼光作为支撑，因为只有具有历史的纵深感，才能对现实作出更准确更有力的判断。中国一向有文史哲不分的传统，文学是对一个历史时段真相的揭示与洞悉，且在这种揭示与洞悉中，蕴含了社会、人生的哲理。克罗齐讲：一切历史都是当代史。对于历史的关注，正体现了李骏虎打通文史哲，打通古今，并借以用文学更深入地进入、理解今天现实的努力。李骏虎的小说创作，从写现代都市一代青年人的生活，到写中国乡村的人与事，再到写中国的政治历史，从不同的写作向度、内容，来训练、提升自己用文学来对社会现实、人生进行发言的话语能力，这对许多将眼光拘执于某一地域而又自以为是学习福克纳的山西作家来说，是有着启示意义的。"

创作是个体劳动行为，是否对别人有启示我不敢奢望，"提升自己用文学来对社会现实、人生进行发言的话语能力"的确是我一直追求的目标。2011年春，我参加中国作家代表团访问了印度和尼泊尔，在佛陀的故乡蓝毗尼，置身被全世界的信徒用手指涂满金粉的宫殿遗址，聆听着乔达摩·悉达多王子发愿修行、参悟成佛的故事，我深深感到，作为一名作家，要提高自身的修养和作品品质，观察生活、体察众生的确是不二法门。作为王子的乔达摩·悉达多出城游历，在东南西北四座城门口，分别目睹了芸芸众生的生、老、病、死，心生大悲悯，于是决定放弃荣华富贵，去追求解脱众生疾苦的方法，他历经种种苦修而参悟成佛，在印度的鹿野苑向众生宣说妙法。佛的参悟，始于对生活的观察，佛的伟大，在于他的悲悯情怀，这与伟大的作家的追求是别无二至的，我们说托尔斯泰之所以伟大，是因为他对自己作品里所有的人物都具有悲悯的情怀，他和佛陀的追求都是让一切众生成就伟大的生命品质。

观察生活，见众生的生老病死而成就佛陀，同样，深入生活，体察大众的生存状况和精神追求，是作家提高自身修养和作品品质的重要渠道。作为一名写作者，多年来的深入生活使我获益良多。我深深地感到，深入生活，体察大众的生存状况和精神诉求，是作家提高自身修养和作品品质的重要渠道。真正的作家，是应该对他所处的时代有着思考、把握和表现，甚至对社会生活和历史发展产生独特影响的。了解大众，胸怀悲悯，才能写出有时代特征，有命运感，有救赎情结的伟大作品来。

自由谈
· ZI YOU TAN ·

"缚龙术"辜负了时代

在县里挂职锻炼的那四年里,我很不愿意别人说破我是个作家,我隐约能感觉到,那个年头在基层的"社会中坚"人群看来,甚至在老百姓眼里,作家已经成为除了写字什么也干不了的人了。几年后的现在想来,原因很简单,就是在大众眼里,作家的思想境界和普通人已经没有高下之分,作家丧失了足够的精神力量去引领大众,除了那些虔诚到盲目崇拜的文学爱好者,没人会高看你一眼。为此,我比那些实职县领导更加努力地去创造政绩,以展示我的领导才能和行政能力,只是为了证明我对社会和人群是了解的,我是这个时代的参与者。作为政府班子分管文化工作的领导,我倾尽全力,创造了两项至今全国无人打破的纪录:用三年时间将该县被摘掉的全国文化先进县的帽子重新夺回;一个年度拿下三项国家级非物质文化遗产保护项目。虽然那几年我热衷于上山下乡,几乎没有写下一个和文学有关的字，但是感到非常的充实，我了解了社会，参与了时代的发展，还利用公务之余在夜深人静的时候读了很多历史书。在挂职行将结束的时候，我申请到鲁院第七届高研班学习，在那个各方面条件都很理想的环境里，一发不可收，四个月写了三十万字。毕业的第二年，获得了庄重文文学奖，毕业的第三年，获得了鲁迅文学奖和三项赵树理文学奖。从而我知道，在自己深入社会的那些个年头，我并没有远离文学，因为文学和社会从来都是不可分割的有机结合体。

回到省城后，我从山西日报调到省作协，但没有做专业作家，选择了成为国家公务员，继续从事行政和文学组织工作。作家依然是我的理想，但在我的理想里，是想成为托尔斯泰、雨果和巴尔扎克那样无时无刻不在观察和参与社会历史的发展，和人民大众同呼吸共命运的作家，而在我身处的时代，作家显然已经被排挤到几无立锥之地，在文坛呼风唤雨的，是那些炙手可热红遍大江南北的主持人和演员，是那些熟谙官场规则而不能进入权力中心的失意后"愤然著书"的官员，摆在书店最醒目的展柜上的，除了知名企业家的生意经和驭人术，就是职场、盗墓、穿越类的类型化小说，还有围绕房价等热点社会问题编织的准类型化小说。作家这个曾经令人敬畏的称号，已经被很多行业的人印在名片上作为"第二身份"和"文化标签"，就连社会普遍公认文化水平较低的运动员行业，也会在接受记者访谈时声称退役后"当当作家"。作家这个行当已经没有门槛，沦落成什么人得意了或者失意了都可以拿来玩一玩的把戏。

这个时候作家们在干什么呢？也有弄潮儿，他们跟着大导演干"本子"了，当御用编剧，以笔为"枪"图解导演的思想，挣大钱。而大多数作家在社会洪流中作壁上观，杯水风波就能写成大作，然后很热闹地开研讨会，拿来参加各项评奖，过着比上不足比下有余的讲究"质量"的生活。只要勤奋一点，艺术上稍稍追求一些，很容易能获奖，全国数不清的文学奖，都在比赛谁的奖金高，作家们趋之若鹜，都赶着趟儿出作品，有几个有时间去深入了解社会的林林总总？所以，小格局、小格调的作品成为普遍，写农村写过去的作品成为主流，对文学艺术的单向追求成为这个时代作家的法宝：学习西方叙述结构，讲究语言特色，挖掘主题深度，提升思想高度，把握精神向度，技法越来越专业，手法越来越纯熟，而所表现的题材和所体现的作家情怀，却不能触及这个复杂多变的社会的多棱面，更无法折射其本质，也和现实生活的深度和广度渐渐脱节，成为高超的"缚龙术"，和社会与时代无关了。或者说，自以为表现的是这个社会和人群的普世问题，其实不过是戴着近视眼镜看蚂蚁打架。这个时代太需要作家走出书斋，用敏锐和眼光和广阔的情怀观察、书写和关照了。

其实，文学的影响力不仅仅是美学层次的，更是精神层次的，如何上升到精神层次，就在于作家对时代问题和社会人群的心理把握。比如说，郭敬明，这个小孩据说已经靠着写作成为亿万富翁，而他的多部代表作品的抄袭案件甚至已经被法院裁定，他的小说可以说尚未过了语言关，结构上也不敢恭维，但是这并不能影响他的粉丝越来越多，他的号召力越来越大。为什么呢？在鲁院学习的时候，我多次听班上那些同样是很出色的"80后"作家这样复述和他们同一时代的郭敬明的经典创造："我望着四十五度角的天空""我的悲伤逆流成河"等等等等。郭敬明的过人之处在于，他把握了八十年代出生的一代人的精神和思想，他们的情感表达方式，他们的现实和梦想，他掌握了一个时代人群的灵魂，所以他敢傲慢地说："我影响了一代人的成长。"而我们"70后"这批作家，受五六十年代出生的作家对文学的宗教般的膜拜流毒甚深,本身经历了很多命运坎坷,但生活稍微稳定宽裕一些,就很容易去追求文学修养了。但是,拿得出手的最硬的作品,还是表现自己身处的社会和最熟悉的生活的,比如说徐则臣和王十月。这两位都是我的好朋友,但我要说,则臣最有力量的作品依然是《跑步穿过中关村》,他后来的作品从艺术上越来越好了,他的代表作依然是《跑步穿过中关村》。而王十月,最好的作品当然还是他的打工小说,我指的不是他所有的打工小说,是写他自己的经历以及他熟悉的工友的那些小说。我拿则臣和十月做例子,是因为他们在我的文学价值体系判断里,是最出色的两位,而此外,很多作家的作品你看着他们煞有介事的说事的方式,就会觉得好笑,——我挂职之前看当代题材的电视连续剧,尤其涉及基层官场人物的作品,觉得真是那么回事,回来后再看,就觉得非常好笑,觉得哄人的人其实是最可怜的,他们竟然自己以为现实就是那么回事。

作家的作品应该跟自己所处的时代发生关系,这也是古今中外的文学大师们共同遵奉的一个信条,真正的作家,是应该对他所处的时代有着思考、把握和表现,甚至对社会生活和历史发展产生重要影响的。但是,很明显,掌握这项伟大的技能的当代作家,几乎已经凤毛麟角。为什么我们失去了把握和表现我们所处的时代的能力了呢?有评论家曾说过,这个时代价值观念的多元和复杂,已经超出了作家的思考能力。是的,我们对我们所处的这个时代缺乏了解和思考,我们更多地在表现自己的人生体验,或者以合理想象的名义去描写别人的生存状况,我们掌握了基本的人性,却没有对社会发展进程中,人的普遍心态和价值观念的变化,做过深入的研究,也没有对作为公共的生存环境和普遍的人性走向进行过深入的思考。在乡村领域,我们看到了国家的粮食直补和危房直补;在城市，我们看到了政府对房价和通货膨胀的宏观调控，同时，我们也看到甚至参与到了对一些社会假象的轻信和盲从。但我们知其然而不知其所以然，这一切，到底对社会生活产生了怎样的改变呢？它的深层原因是什么，它是否演进了我们的生存环境和精神状态？在我们笔下的人物身上，传统和现代到底打下了怎样错综复杂的烙印？并且因此，这个时代的人们的精神取向和创伤感以及幸福指数是什么？对这一切，我们还缺乏真正的了解和深入的思考，因此我们无法塑造出具有高度时代特征的艺术形象，更无法赋予他们灵魂和魅力。

因此有人说，当下只有经济学家才能清晰地看到和把握时代的特征与社会的走向。为什么呢？很简单，曾经卡尔维诺就这样对欧美社会下过定义，他说，我们正处在"一个只以经济观点来思考的世界"。他说的也不是社会制度，而是世道人心。我们看到，中国社会发展到当下时代，历史遗留的封建意识和规则，在人性和社会当中起着潜在的主导作用，而经济模式的资本市场化，又使我们面临残酷的竞争和生存难题，在这封建意识和资本市场的双重挤榨下，作为个体的人丧失了很多可贵的东西，比如尊严、平等、风度等等，而在社会生活中遵循的潜在准则是：出卖灵魂，出卖自我，求得生存和发展。芸芸众生，谋生的手段很多都演化为巧取豪夺、变相欺诈的勾当，在这样的社会现实和人性变异面前，作家应该怎样去思考和表现？假如这正是我们所处的时代的特征的话，那么我们正有一块土壤可以产生出像巴尔扎克、左拉、马克·吐温那样，用金钱表现人的终极精神取向的伟大作家和作品。但是为什么当代没有更多地出现这样的伟大作家呢？因为我们缺乏强大的内心和思想力量，毋庸讳言，当代作家普遍存在的一个问题是精神的萎缩和人格的矮化，在同样对生存环境和生活条件的基本追求中，我们不可避免地选择了妥协和认可,作为作家,我们并不比别人更高尚一些,因此我们没有像前贤那样,成为别人的精神的导师,我们的作品不是我们理想中的那个样子,也不是人们期待的探讨精神出路的伟大作品。从这个意义上说,作为作家,我们的路还很长,我们还远远没有写出应该写出的那部作品。

社会看低了作家,而作家却高估了自己,写上几篇个人小圈子的小说,表现些个人体验和私密,刊物上发一发,选刊转一转,就敢开研讨会,要听对创作成就的歌颂,然后就卓然大家了。我记得2009年给成一老师的长篇新著《茶道青红》开研讨会,六十多岁的成一老师在发言时几度哽咽,他说,没想到创作一生,省作协能给他开第一个作品研讨会,非常激动。而成一,是全国首届优秀短篇小说奖的获得者,"晋军"崛起的代表人物。"晋军"那一代,《新星》《老井》《天网》都是对社会产生重大影响的作品,同时代的全国很多作品也是如此,而如今,作家在现实面前失语了,大家不是玩味杯水车薪,就是翻腾陈谷子烂芝麻,都热衷于躲在书斋里修炼"缚龙术"了,写出的作品极尽光怪陆离和心理诡异,却难逃个人情调,格局小格调低,能指望他们写出什么大作品来?有些作协和刊物负责人,不思为青年作家的创作创造理想环境,却一心急着利用研讨会等方式对作家进行包装宣传,用两个成语一言以蔽之:"拔苗助长""叶公好龙"。

几年前,我弟弟马顿考到了《中国校园文学》做编辑,与此同时中国绿色食品协会要他去给会长当秘书,何去何从,他从北京打电话来问我,我说:"你要想写出好东西来,就不要往文学单位钻,找一个能和社会充分接触的岗位,体验了生活,了解了社会,你才能写出大作品来,哪怕现在不热闹,将来一定有影响。"于是他去当了秘书,跟上领导天南海北地飞,大大地开阔了眼界。现在我依然固执地认为，作家至少应该在某一行业是资深人士，才能窥知社会和人生。那么多稍有点墨水的人就敢抢行，不怪人家亵渎作家称号，只说明作家本身的式微和辜负了时代，辜负了读者，也辜负了文学事业。

我的小说观

我个人认为作为一个作家，应该尽量多地阅读名著，这样他才会知道什么是好作品，但我反对作家尤其是小说家能明确地给出一部好小说的标准，尤其是说明一部好小说的创作方法和要素，这些都是评论家和学者们应该干的事情，作家不能同时站在作品评判者的角度上。

我一直觉得当下的小说创作过于快餐化和功利化，作家的创作丧失了对艺术品格的追求，更多的是复述现实、制造故事。其实小说应该警惕故事，对于小说来说故事不过是一个"核"，作者就是围绕这个核对故事情节进行巧妙的构思，但是，好小说并不是因为故事好，而是因为讲得好。也可以说是细节铺排得好，小说的力量，就来自于作者对细节的描写的字里行间，那种直击灵魂的力量，来自于细节，而不是故事。没有故事，单纯的世相描写或者情绪铺排也可以写成小说。因此，对于小说来说，最重要的不是故事，而是人物。人物立不住，小说从艺术上就失败了。我觉得作家应该重拾重视人物的老传统，学习雨果、哈代这些大师在人物塑造上不偷懒、不讨巧的"笨"办法、"笨"精神，敢于直面人的精神世界，并甘于用最笨、最费劲的方法去展示他精神世界的全部和与之相关联的外部世界。好的小说作品，往往通过一个人的眼睛和心灵去看世界，通过对一个人生命轨迹的表现，去展现整个人类的命运，比如说《悲惨世界》《德伯家的苔丝》等。从中国小说的源头来说，重传奇、轻命运，重人物、轻人性；后来我们学习了西方经典，会写命运了，也会写人性了，但是，我们还是没太学会写人，写人的精神世界。在世界文学大交流的今天，我们要学会在保持中国气派的前提下，加强作品对人的精神世界的探索。

怎样才是写人？什么是写人的小说？几句话很难说清楚，因为我们没有这样的文化和传统，也不从这个角度去审视一个个体的人，更很少去表现他的全部的精神世界。据我的西方经典阅读经验，所谓写人和写人的小说，就是通过对一个人和他的命运的描写，展示他精神世界的全部，和与之相关联的外部世界。也可以简化地说，通过一个人的眼睛和心灵去看世界，通过一个人的生命轨迹去展现人类的命运。这样的经典名著很多，我们熟知的有托尔斯泰的《安娜·卡列尼娜》，梅里美的《卡门》，勃朗特的《简·爱》，小仲马的《茶花女》，非常多，几乎所有以人名为书名的著作都属于这个范畴。

一部好的长篇小说，要把人物命运放到社会时代背景上去，既要把风云变幻写出来，也要把风土人情写出来，而且，在故事进行的过程中，要有意识地慢下来，或者干脆跳出故事，去谈点题外话，或者写写风景，这样才能更好地把握节奏，让小说离故事远一些，靠艺术近一些。虽然我们无法像雨果一样，在冉阿让跳进修道院之后，突然用数万字的篇幅去阐述他对宗教力量的认知，用来铺垫冉阿让从一个罪人到一个圣人的嬗变，但是这样可以防止我们的小说堕落成故事。

一个作家在文学上探索多年，在年龄和阅历、学养上都接近成熟期的时候，目光、心灵和笔触都回到生养自己的魂梦所系的故乡，怀着一颗质朴的感恩之心去描写生养了自己的水土，描写伴随了自己出生和成长的人们的音容笑貌，他们的生存状态和他们的精神世界，这是很自然的一种回归。对于作家来说，回到故乡就是发现了富矿，就是获得了强大的气场。福克纳永远在描写家乡那块邮票大的地方，马尔克斯始终在写马孔多小镇。那里有他们最熟悉的死去了的和依然活着的人们，刻画他们是一种心灵的皈依，更是作品的升华。只有脚踏实地的写作，才能使作家的精神高高飞翔。当代作家里比如苏童的枫杨树故乡，葛水平的太行山，还有我鲁迅文学院的同学鲁敏的"东坝"系列，都是很成功的例子。从另一方面说，当代的中国小说，实际上还是以乡村小说为主流，作家的灵魂一直没跟着身体进了城。要想写出好东西，还得向农村去找。

总而言之，会讲故事，能成为大作家，会写人，才能成为大师。因为只有不畏惧、不偷懒地直面人的精神困境，把人物和他身处的世界写透，才能完成超越。这个超越很关键，完不成写得再好也是大作家，完成了，就成了大师。

写作的方向

最近有两个现象引起我的思考：一个是2008年《福布斯》杂志发布的"全球100名人榜"，有四位作家榜上有名，写《哈利·波特》的英国女作家罗琳全球收入第一，身价3亿美元；其他三位都是美国作家：恐怖小说作家斯蒂芬·金、惊悚小说大师詹姆斯·帕特森和反恐军事作家汤姆·克兰西。罗琳的作品累计销售为2亿多册，詹姆斯·帕特森的作品累计销售为8000万册，斯蒂芬·金每一部小说的发行量都在100万册以上。另一个现象是国内当前的图书市场上不断出现的业余作家的畅销书，比如王强的《圈子圈套》、赵迪的《资本剑客》、付遥的《输赢》、戴定南的《折腾》等。你要说他们写的书不是小说，他用的是小说的写法，你要说他写的是小说，作品里极强的行业特点和规则一看就是真事情。关键故事吸引人，读者很喜欢看。

先说《福布斯》，上榜的四位作家其实分两类，魔怪和恐怖，都不是传统作家。这类作家在国内同样有，比如前段时间风靡的《鬼吹灯》《盗墓笔记》，还有网络玄幻作品。因为满足了读者的猎奇、寻求刺激的心理，非常畅销。和传统作品不同的是，他们不承担什么，也不需要反映什么，很轻松很好看，读这样的书，好像坐游乐园里的过山车和跳楼机，很过瘾，很迎合消费者的心理。这里有个问题是，即使我们肯放下架子写这样的书，写得出来吗？

我想以《鬼吹灯》为例，说说对这类小说的看法。去年后半年，夸张点说，全国人民都在读这本书，各层次的人的饭局中都要谈到这本书。当时我正在鲁院上学，专门打车跑到王府井书店去找，翻了翻，有那么点感觉，就买回来。买回来再翻翻，就放不下了，真有那么点引人入胜的意思。于是那两天就把经典们放一边，跟着全国人民一起读《鬼吹灯》。好嘛，真是奇人、奇事、奇遇、奇文，心里有些佩服的意思了，生活真是创作的源泉呐。一本书看到后半部，渐渐觉得可乐了，而且乐不可支，最后都有点要笑死的意思了。说事说得意了，难免吹吹，吹着吹着可就吹大发了，《倩女幽魂》里面的树精姥姥张牙舞爪都要出来了，《聊斋志异》里面的狐仙也影影绰绰要出来了，《魔戒》里的兽人们歪瓜裂枣也快出来了，千年参精、白毛黄皮子开始从恐怖片演员转行干喜剧。可笑起来，觉得就不是那么回事了，有点侮辱读者智商的意思了。其实不过是通俗文学，不必较真，但还是觉得可惜，就我买的《黄皮子坟》这一部来说，前半部分是不错的长篇小说，叙述很自然，说事很可信，后半部分就开始云山雾罩了，文白掺杂、胡编乱造，把小说的品位给毁了。

不由想起大仲马来，《基督山伯爵》是通俗小说，相当于中国的武侠小说，读起来放不下，跟着主人公只有紧张、只有愤懑、有快意，却没有一点觉得可笑。什么原因？学养不说了，大仲马是文豪，没有可比性，小说的主题却得说说：复仇。社会背景也得说说，社会图景的描述，上流社会的衣食住行的用度，各色人物形象与心理的刻画，都展示着作品的强大精神力量。哦，精神的感召也很重要，我不是说意义，但一部小说要说什么，得让读者能心领神会。若如此处理，不得了。就说J.K.罗琳，《哈利·波特》的作者，她因为没钱烧暖气，跑到咖啡馆取暖，百无聊赖时在餐巾纸上写出世界发行量第一的魔幻小说，其想象力让人咋舌。她把握了西方文化心态，成功不是偶然。她是在想象，有信仰有根据的想象，而不是编造，所以赢得了读者的欢迎，同时换取了尊重。因此作为读者，我们要向大仲马和罗琳致敬，为了他们贡献的作品；同时作为作家，我们要警惕掉到写畅销书的泥沼里，弄得要钱不要品了，——要弄钱，干什么不比写东西来钱直接啊。

再说《圈子圈套》等现象，我觉得当下围绕他们展开的文学评论和讨论是没有必要的，这种阅读现象不属于文学现象，更大可不必因此讨论什么"大作家产生于圈内还是圈外的问题"。这样的职场小说，本身就不是以文学为目的，一般都是些在某个行业摸爬滚打了多年的人，有话要说，也喜欢写作，就写出来。因为生活底蕴深厚，经历独特，同时兼有传奇和解密的性质，读者抱的阅读心理也不是读文学作品，而是借鉴经验寻找共鸣。我们生活的这个时代，职业和谋生基本趋同化，谁也不容易，谁也想干出一番事业出人头地，别人的成功也好失败也罢，我们都会感兴趣。但这种指导性和好的文学作品带给我们的精神上的振奋和情感上的陶冶是绝不相同的。毛姆说过："一本书很可能由于涉及当时正巧使公众感兴趣的某个问题而畅销；它可能错误百出，但还是使读者趋之若鹜。只是，当公众不再对那个特殊问题感兴趣时，这本书也就被彻底遗忘了。"

  因此我在想，作为作家或者说小说家，我应该写什么？写迎合读者猎奇心理的畅销书？写复制这个时代的竞争和生存的人生故事？还是继续写自己最熟悉最感知的人和命运。当然，只能是最后一个，不是说因为写不了魔幻和恐怖，也不是哪个行业的资深人士可以卖弄经验，而是觉得文学还是应该承载点什么，哪怕像阎真的《沧浪之水》一样写出点知识分子的情怀和心境，哪怕像王跃文的《国画》一样把这个社会的人文心态刻画一番，哪怕像贾平凹的《废都》一样表现一下一个时代的迷失和彷徨。当然我更奢望像那些我们耳熟能详的大作家一样为人的生存和困境提供一点精神层面上的东西，塑造出一两个让大家记住的人物，谈起他们来如同谈起我们的家人。

  我不是要坚持传统文学和畅销小说的对立，传统文学里真正好的小说，读者还是很广大的，比如《百年孤独》出版的当年就发行了500万册，而且在世界范围内，它和其他世界名著一样，一直润物细无声地保持着一定销量。我想，要畅销还是要长销，决定我们的方向。

人民是文学的生命力

　　山西作家"深入生活、扎根人民"的优良传统,是由来已久、代代相传的。最远可以追溯到20世纪三四十年代的赵树理,早在毛泽东《在延安文艺座谈会上的讲话》之前,深受新文学运动影响而成长于太行山区农村的赵树理,就提出了做个"地摊儿"作家、为农民写作的创作理念。《在延安文艺座谈会上的讲话》明确提出"文艺要为人民大众服务"之后,赵树理创作发表了《小二黑结婚》《李有才板话》等一系列实践作品。在"讲话"的指导和赵树理作品的影响下,后来被称作山西文坛"五战友"的马烽、西戎、束为、孙谦、胡正,同样创作出了一批农民喜闻乐见的、反映农村生活的作品,形成了独到的创作方向和独特的创作风格,被誉为"山药蛋派"。从奠基人赵树理到人民作家张平,这个流派先后横跨两个世纪,历时近百年,在文学史上是绝无仅有的,这样绵长的生命力，正是来自于"深入生活、扎根人民"。

为人民写作是山西几代作家的不懈追求，被山西省委、省政府授予"人民作家"荣誉称号的有八位：马烽、冈夫、西戎、孙谦、束为、胡正、郑笃、张平，他们的创作主张一直对青年作家产生着深远影响。马烽老健在的最后几年，我正编辑着山西日报的文学副刊，马老让他秘书给我送稿子的时候，经常会附一张小小的便笺，叮嘱我要学会多观察生活、思考生活，那几张用铅笔写就的纸条我一直珍藏着。深入生活是山西几代作家的优良传统，从"山药蛋派"五老到新世纪以来的中青年作家，很多人都在省作协的帮助下有过挂职体验生活的经历，他们一直笃信和践行着"生活是创作的唯一源泉"，为了创作出反映时代精神和大众生活的作品，他们大多挂职到县乡，蹲点到农村，和农民一起吃住，一起劳动，从而创造了山西文学的持续辉煌，包括"晋军崛起"，也是插队知青和山西地气融合后生发出来的一个高峰。

我个人在这方面也受益匪浅，2004年前后，我的创作陷入了一个瓶颈期，刚开始以为是灵感的枯竭，后来发现其实是生活积累的贫乏，同一个素材反复使用，思路和格局也打不开。正在一筹莫展的时候，省作协物色青年作家挂职体验生活，我就积极地报了名，如愿以偿地回到故乡洪洞挂职县长助理，跳出书斋投入火热的现实生活中，和干部群众一起为家乡建设发展出力流汗。后来又担纲分管教育文化的民主副县长角色，投入到了繁忙的行政工作中，包村子、跑项目，处理上访事件，和各种身份、不同性格的人打交道。这一干就是满满当当的四年，这四年中忘记了写作，也忘记了自己是一个作家，就在我以为自己就要远离文学的时候，无数的灵感、故事、人物、思想却纷至沓来，以至于靠一支笔根本就无法书写和表现。四年的挂职体验生活，使我从"江郎才尽"的枯竭转变为"井喷"状态,也使我的眼光从个人体验转变到关注大众、关注时代上来,基于对这个时代大众的精神状况和价值取向的把握,尤其对乡村的风俗沿革、生存状况和农民的精神诉求的深入了解,我相继创作出来中篇小说《前面就是麦季》《五福临门》,长篇小说《母系氏家》等,先后获得庄重文文学奖、鲁迅文学奖和赵树理文学奖。

  毛姆在评价巴尔扎克的时候说:"在所有为世界增添精神财富的伟大作家中,我觉得最伟大的是巴尔扎克。他是个天才。有些作家是靠一两本书出名的,……但是他们很快就江郎才尽了,即便再有作品,也是重复而已。伟大作家的特点就是作品丰富,而巴尔扎克的作品真可谓丰富得惊人。他表现了整整一个时代的生活,而他描写的领域则像他的祖国一样广阔。"多年的挂职体验生活,同样改变了我的文学观念,使我的创作渐渐回归到现实主义的道路上来,发现现实主义才是最先锋的,走现实主义道路的作家,是最具有探索精神的,他们直面现实、直面矛盾,直面人的生存现状,同样直面人的精神境遇,他们是时代的代言人,也是历史的记录者。就像巴尔扎克,怎样丰富的阅历和强大的内心,才能把这样多变的时代和复杂的人物表现出来啊!为了提高自己的思想境界和艺术修养,在完成以挂职经历为蓝本的长篇小说《浮云》后,我决定再次深入生活,选取一个历史阶段来做个深入研究,也就是说通过对历史的认知和历史小说写作,来锻炼自己的历史眼光,然后再用历史眼光来观察当下、书写时代。我选取了红军长征到达陕北后,通过东征山西促成抗日民族统一战线形成的那段历史,并申报成为中国作协作家定点深入生活项目。这段历史在文学上鲜有表现,史料也不充分,我用了三年时间来到当年东征的渡口和黄河两岸采访,考察地形、搜集资料、咨询专家、访问当事人,沿着当年红军东征的路线进行了细致的考察，得到了沿线干部群众的热心帮助。比如说永和县，红军东征期间毛泽东率中路军曾在永和转战十三天，并在此地做出回师西渡的重大历史决定，由永和县于家咀渡口西渡回陕。在我多次采访期间，永和的书记、县长亲自带路，沿着当年毛泽东进出永和的路线跑了好几天，当时正值春雨连绵，有些山路湿滑车辆不能通行，我们基本上是互相搀扶着徒步上山下沟的。他们县的宣传部长、文联主席、文化局长、东征纪念馆馆长、导游员和专家们都跟着，走一路介绍一路，互相补充，互相纠正，有时候关于传说和史料的偏差，我们会发生激烈的争论，以至于面红耳赤、拂袖而去。就是在这样的氛围里，我把当年的季节气候、地理环境、人居环境、老百姓养什么牲口、地上长什么草，都摸得清清楚楚，回太原后如果永和方面有什么新的发现，他们又会及时从网上给我发来。就这样，历时三年终于打通了史料，理清了脉络，开阔了思路和作品格局。万事俱备，2014年初，我向作协请了八个月创作假，一气呵成三十余万言的长篇小说《中国战场之共赴国难》，使自己的创作完成了对历史的书写，也使自己的作品种类趋于丰富。

　　生活就是一座富矿，取之不尽用之不竭；以人民群众为对象的写作也永不过时，并且常写常新。自2005年为了解决创作素材挂职体验生活，到2011年带着创作任务有目的的定点深入生活，我不但完成了自己创作上的不断转型和成熟，尤为重要的是社会和时代不断地引发我的思考，有些作品在头脑里慢慢地聚拢和成型。挂职伊始的十年后，我完成了表现中国乡村文明在市场经济冲击下迅速湮灭的长篇小说《众生之路》，里面的人物都是我所熟悉的乡亲，里面的事件都是这些年来正在中国大地上普遍发生的，这是一部乡村文明的挽歌，我希望能够引起全社会的思考。作品将发表在《莽原》2015年第一期，由山西人民出版社出版。

2012年的全国青创会上，我做了《生活远比想象更精彩》的大会发言，这不是我个人的心得，这是山西文学半个多世纪持续辉煌的法宝，也是山西几代作家奉行的信条。我理解，为人民写作是符合创作规律的，文学大众化的主张，是和"五四"新文化运动同时出现的，从新文学运动到延安文艺座谈会上的讲话，再到习近平主席在文艺座谈会上的讲话，是符合历史发展要求的，也是顺应广大人民群众精神文化需求的。人民的阅读离不开表现他们生活的文学作品，人民就是文学的生命力。这就要求我们作家"深入生活、扎根人民"，用自己的观察和思考表现这个时代。生活体验对作品的重要性是放之四海而皆准的真理，恩格斯说："世界上最伟大的小说是托尔斯泰的《战争与和平》"，托尔斯泰能够写出这部伟大的现实主义巨著，正是基于他对1812年俄国卫国战争长期而深入的当事人采访和史料研究，而他对战争场面无与伦比的描写，也是因为他亲身参加过克里米亚战争。像巴尔扎克那样惊人的创造力，也不是凭空想象，他在小说中若要写到某种场景，只要有可能，都要去做实地考察，有时不惜作长途旅行去看一看他要描绘的某条街道或者某所房子。左拉说："从来没有人把想象派在巴尔扎克和司汤达的头上。人们总是谈论他们巨大的观察力和分析力；他们伟大，因为他们描绘了他们的时代，而不是因为他们杜撰了一些故事。"我们应该有这样的认识，也应该有这样的雄心，更应该有这样的情怀。

生活远比想象更精彩

  作为一名山西作家，不可避免地要被打上"山药蛋派"的烙印，从赵树理到"西、李、马、胡、孙"五老，他们一直笃信和践行着"生活是创作的唯一源泉"，为了创作出反映时代精神和大众生活的作品，他们大多挂职到县乡，蹲点到农村，和农民一起吃住，一起劳动，从而创造了1949年后，17年山西文学的辉煌。而20世纪的"晋军崛起"，也是插队知青和山西地气融合后生发出来的。世纪之交，马烽老还健在，当时我正编辑着《山西日报》的文学副刊，马老让他秘书给我送稿子的时候，经常会附一张小小的便笺，叮嘱我要学会多观察生活、思考生活。当时我正处于自己的第一个创作阶段，就是写个人体验，是一个年轻人从农村来到城市后对爱情、人性、社会的感知和书写，集中发表了很多作品，但是很快出现了问题，写作素材开始重复，而且重复使用率越来越高，一个素材，短篇用了中篇用，中篇用了长篇用，我开始恐慌，发现生活储备真的可以用尽，第一次，我切身体会到作为一名作家，应该把表现对象从个人体验转移到社会大众。我开始向省作协寻求帮助，积极要求深入生活，正巧省作协物色青年作家挂职体验生活，我就被派回故乡洪洞县挂职县长助理，并且积极地投身了当地的实际工作。

然而，我没有想到，作为一名作家，我缺乏的，不仅仅是对现实生活的了解，更是对时代变化和社会状况的基本认知。即使回到了我的故乡，即使再次面对我熟悉的人，也让我产生强烈的陌生感，——这种陌生感，就是一个从个人体验出发的写作者和现实生活的距离。比如说，在许多人眼里，更多的是在文学作品里，乡村干部的形象都是欺男霸女、醉生梦死，"村村都有丈母娘"，然而我接触过的干部，大多都是希望为官一任造福一方的，我想举一个乡镇书记和县文化馆老馆长的例子。2007年底在鲁院学习时，我还在挂职任上，但省作协已经和我谈过话，结业后就要调到作协工作了。有一天正听课，突然接到县文化馆老馆长的电话，说我们花费两年心血的三项国家级非遗项目的专家评审会，要在北京大学的英杰交流中心举行。我很珍惜在鲁院的每一节课，但我仍然是县政府分管领导，职责所系，第一次请了假，来到北大参加评审。专家审看申报录像片和文本的时候，我看了看我的右边，是项目所在地原来的乡镇书记，这个项目倾注了他数年的心血，就在要见分晓的时候，在最近的干部调整中他调到了别的乡镇，但他还是坐了一夜火车，赶来北京开这个会，对这位大我一轮的老兄来说，此行已经不是职责，而是要完成一个心愿。我又看了看我的左边，是年龄大我两轮的县文化馆长，这次干部调整，他也到龄，回去就要卸任了，但他依然风风火火地张罗着这件事，毕恭毕敬地请专家们发言，一丝不苟地回答着他们的提问。这位干了一辈子的老馆长，长着一张黝黑的农民脸庞，五短三粗，怎么看也不像个文化人，我看了看他的手，指纹里全是黑色的风尘。而我作为他们的领导，在鲁院学习结束后，也要离开岗位，我们极力争取的成功，对个人来说无论名利都谈不上了，它只会成为我们的继任者的政绩，但我们还是来了，并且比以前更迫切地希望获得成功。会后，他俩送我回学校，分别的时候，我向他们道辛苦，跟我父亲同龄的老馆长双手握着我的手说，头儿，你一个挂职的都能真心给咱办事，我们愿意为了这件事把腿跑断。就是这样，作为作家，我们有时习惯于想当然地从别人的作品里获得自己对某种身份的人群的判断，或者类型化、概念化地看待某一类人，而我们其实对很多原本应该真正了解的事情所知甚少，比如对政府的经济运作模式，比如对社会上各个行业、不同阶层的人们的行为准则、处世观念、精神状况、生活方式的基本的了解；有时候，我们对人性的那点可怜的把握，在每天纷繁变化的面孔和事务面前，显得苍白而幼稚，——我想起了巴尔扎克，怎样丰富的阅历和强大的内心才能把这样多变的时代和复杂的人物表现出来啊。

挂职两个多月的时候，我就感到自己从对社会的了解到对人性的思考都太匮乏了，由此产生了强烈的不自信。为了抵消这种情绪，我投入到了繁忙的行政工作中，包村子、跑项目、出差、下乡、开会，和各种身份、不同性格的人打交道。从2005年春天到2007年秋天，我几乎完全变成了一个基层干部，那颗敏感的内心也坚强起来，生活让我从一个多愁善感的作家变成了阅历丰富的勇敢者。我分管过文体、广电、教育、保险、石油，协管过林业、旅游、科技。建设了洪洞县文化活动中心、重修了飞虹影剧院，把洪洞县失去的全国文化模范县的称号又夺了回来；并且如前文所述，创造了一项至今全国县份无人能破的纪录：同一个年份成功申报三项国家级非物质文化遗产项目。我分管教育的时候，完成了省属、市属三家国企的学校数百名教师和数千名学生的移交地方工作。一度，我不是深入生活，而是深陷生活了，我甚至觉得自己在政府工作方面比在写作上更有才华。同时，我对这个时代大众的精神状况和价值取向有了一定的把握，基于这一段经历和阅历，我完成了长篇小说《小社会——喧哗与骚动》的构思和大纲，被列入中国作协2011年重点作品扶持项目，目前已经完稿，题目改为《浮云》，将在《芳草》发表。

进入鲁迅文学院第七届高研班学习后，鲁院浓厚的文学氛围和科学的教学安排，调动了我尘封多年的生活储备，接连完成了多部中篇小说和一部长篇小说，其中中篇《前面就是麦季》获得了第五届鲁迅文学奖，长篇《母系氏家》获得了赵树理文学奖。回过头来看，挂职体验生活，得以近距离地直面社会现实，使我深刻体会到生活远比想象要精彩，它就是作家取之不尽、用之不竭的创作源泉。2012年，再次入选中国作协定点深入生活名单，写作表现抗日民族统一战线的长篇小说《中国战场之共赴国难》。最近，我以挂职深入生活期间接触到的乡村人物为原型，创作了长篇小说《众生之路》。

多年的挂职体验生活，同样改变了我的文学观念，使我从热衷各种探索和实验渐渐回归到现实主义的创作道路上来，发现现实主义才是最先锋的，走现实主义道路的作家，是最具有探索精神的，他们直面现实、直面矛盾，直面人的生存现状，同样直面人的精神境遇，他们是时代的代言人，也是历史的记录者。放眼世界文坛，托尔斯泰、巴尔扎克、狄更斯等等等等，伟大的现实主义大师灿若星辰，那些烛照我们心灵的伟大作品，那些引领着人类永不停歇的精神脚步的大师，莫不是现实主义道路上的实践者和探索者。他们为人类留下不朽的精神财富，他们对芸芸众生的悲悯情怀，他们对人类博爱精神的讴歌，永远激励着我们前行的脚步，也成为后辈作家仰望的灯塔和精神导师。

深入生活，体察大众的生存状况和精神诉求，是作家提高自身修养和作品品质的重要渠道。真正的作家，是应该对他所处的时代有着思考、把握和表现，甚至对社会生活和历史发展产生独特影响的。我们说托尔斯泰之所以伟大，是因为他对自己作品里所有的人物都具有悲悯的情怀，而他们正是来自他丰富的生活经历。了解大众，胸怀悲悯，才能写出有时代特征，有命运感，有救赎情结的伟大作品来。

创造者的头脑应该是清醒的

　　从我立志写作到现在，我发现作家可以分为两种：能写出大作品的作家都不喜欢吭气，从来不宣扬他的理论，但他所创造的艺术世界，他所塑造的人物形象，以及通过他的作品传达出来的精神和思想，却影响了最广大的人群，成为穿越时空的经典，对世人的生活方式和精神行为产生深远影响；而另一种作家则稍有经验就奉为至宝，好为人师，到处宣扬，却没有可以印证他的伟大理论的作品贡献给读者。很不幸，我就属于后一种作家，至少目前就是这样的爱说一些超越自己的写作实际，打着严重的理想化烙印的大话出来。

　　我是一个有问题的作家，存在很多很大的问题需要去解决，否则就无法继续写下去。2011年以来，我向作协请了一年的创作假，为了深入生活搞创作，更为了解决这些问题。这许多的问题其实可以归结为两个问题：一个是我要写出什么样的作品，另一个是我要做什么样的作家。

我们对作家作品最基本的要求是文通字顺，这个不成问题。再高一级的要求是语言要有个性，要有美感和力量，这个似乎也不成问题。更高一级的要求是我们要具有掌控所操持的文体结构的能力，比如说长篇小说的谋篇布局要有结构之美，不能写成流水账，宏观上要很讲究，就像托尔斯泰的《安娜·卡列尼娜》那样框架清晰又水乳交融。这个似乎也可以慢慢解决。更更高一级的要求是立意或者说思想性，这是作品具有震撼人心的力量和传世价值的关键所在，这就很不容易做到了，因为假如不是你得天独厚靠着熟悉的水土或者所在人群集体先天形成的思想体系的话，你要想寻找到一种接近真理的对人类生活和精神产生影响的力量，就是一件很困难的事情。好在，我们可以退一步要求自己，那就是，我们可以训练自己通过对历史、对当下，对一己和社会整体的比较，从而形成对客观世界的一个基本判断，这个判断作为一种参照物，可以在我们的头脑中形成一种标尺，用以对我们身处的时代和社会，对自身和人群能够时时看清楚，判断清楚，以使我们的作品摆脱盲目的、无力的甚至是废品的状态。就中国目前的文学创作来说，要求作家有一个清晰的头脑、作品有一个明晰的指向，已经是很高的要求了。我希望自己能摆脱盲目的、无力的、垃圾式的创作，用清晰的判断，写出指向明确的作品来。

作家未必要是政治家，但作家一定要是历史学家和社会学家，还要保持极大的兴趣对人性和人的精神归宿进行探索和追问。具备这样的素质的大师有很多，我不想以他们为例，我想以伊拉克前总统萨达姆·侯赛因的作品来说明这个问题，作为一名业余作家，萨达姆有四部长篇问世，其中一部《扎比芭与国王》由武汉长江文艺出版社出版。萨达姆最喜欢的作家是海明威，最喜欢的小说是《杀死一只知更鸟》，他被美国大兵从地窖里拉出来时，抱着一本陀思妥耶夫斯基的《罪与罚》。他有一部并不出名的长篇《男人与城市》，我认为从结构到立意，从艺术手法到对人类命运的探寻，都超越了很多优秀的小说家。故事是这样的：1941年，伊拉克南部一个部落酋长去邮局给一位阿拉伯军事首领发贺电，祝贺他政变成功，但路途很远，又遇上下雨，这个酋长在两天后才到邮局，然而邮局的人告诉他，皇室已经重新夺回了政权，并击败了策动叛乱的军人，酋长立即改变主意，给皇室发了一封贺电，祝贺他们重夺政权。这本小说表达了萨达姆对伊拉克政治的理解。萨达姆认为伊拉克到处是阴谋和政变，所以非常需要强权和高压统治。且不论他的政治理念的对与错，就作家对所处时代和社会的判断力，以及作品对作家思想独到而准确的体现来说，我们自愧弗如。

因此又可以说，作家自身的思想力量决定了作品所能产生的影响。而当代作家存在的一个最大的问题，那就是人格的矮化。只有人格高大的作家，才具备写出大作品的基本条件。

作家之外，作为省作协创作研究部的负责人，这几年我尝试过组织很多活动来解决山西的青年作家和我自己共同存在的大问题。比如说，大多数人靠自身体验来写作，那么如何让对自身体验的表达上升到对人的共性体验也即命运感的高度；比如说也有作家作品表现底层甚至是极端生存困境中的人的命运，那么如何在表现的同时不拘于自身的精神高度，对作品和作品里的人物体现出人性层面的关怀，同时通过作品传达出作者的精神指向和改良意图？我们似乎把作家这个职业看轻了，我们也把小说看轻了。那么至少我们应该做到，你给读者讲一个故事，首先你不能被自己绕糊涂了，你也不能添油加醋地讲完故事了事，因为创作不是排泄，而是创造。

而创造者的头脑应该是清醒的,思路是清晰的,指向是明确的。《战争与和平》是一部举世公认的史诗巨著,托尔斯泰的创作初衷是什么呢?作为一名作家,托尔斯泰始终在思想上探寻社会的出路,1816年俄国"农奴制改革"之后,面对动荡不安的社会局势,他试图用一部作品来塑造可以引领人民的革命者形象,于是他选择了1812年的卫国战争中的爱国志士——十二月党人。后来他谈到创作意图时明确表示《战争与和平》是为了表现那场由人民打赢的战争,是"努力写人民的历史"。创作意图对于我们来说更加重要,下笔之前要想清楚,为什么写这部作品。而这个最基本的素质,恰恰又是我们最不具备或者最容易忽略的。

因此,要想解决问题,我们就要努力去想清楚,到底要写出什么样的作品,这注定你最终会成为一个什么样的作家。

我们与我们时代的关系

虽然我一直认为一个作家可以代表自己,甚至可以代表他所处的时代发言,却不可能代表其他的作家,因为创作是纯粹的个人行为。但是,既然我们生活在同一个时代,必然会有对这个时代相同或相近的思考,因此,我愿意代表各位获奖的老师,说一点作为作家,我们和我们的时代的关系。

我们所获的这个奖项,是以赵树理先生的名义命名的,这是山西文学的至高荣誉。荣誉,首先是肯定和动力,但同时,又是压力和焦虑。无论是鲁迅文学奖,还是赵树理文学奖,当我作为一个写作者终于得到它的时候,短暂的兴奋和因此激发的勃勃的雄心平复之后,我感受最深切的,是荣誉带来的压力和焦虑。我常常扪心自问,我的作品真的达到了这项荣誉的标高了吗?文学奖就像人一样,是有它的灵魂的,而我的作品真的达到了它的核心要求了吗?

就像诺贝尔在遗嘱中给文学奖提出的要求是,"奖给创作出具有人类理想光芒的作品的人",赵树理文学奖也应该有它的精神内核在,——它是什么呢?我想起来赵树理这样阐述自己从事创作的目的:"老百姓喜欢看,政治上起作用。"我想,我们应该把赵树理的这个终极追求,作为以他的名字命名的文学奖的核心标高。

如果把"老百姓喜欢看,政治上起作用"作为一个标高的话,我们是否真的企及了呢?我坦诚地说,我的作品或许达到了第一个要求,得到了有限的读者的喜爱,但是,对后一个更高的要求,"政治上起作用",几乎是根本不沾边的。赵树理所谓的"政治上起作用",是一句有着时代特征的话,但我们能理解,他的意思是作家的作品应该跟自己所处的时代发生关系,这也是古今中外的文学大师们共同遵奉的一个信条,真正的作家,是应该对他所处的时代有着思考、把握和表现,甚至对社会生活和历史发展产生重要影响的。但是,很明显,掌握这项伟大的技能的当代作家,几乎已经凤毛麟角,因此我要说,或许荣誉带给我们最可贵的东西,应该是反思、警醒和鞭策。

为什么我们失去了把握和表现我们所处的时代的能力了呢?有评论家曾说过,这个时代价值观念的多元和复杂,已经超出了作家的思考能力。是的,我们对我们所处的这个时代缺乏了解和思考,我们更多地在表现自己的人生体验,或者以合理想象的名义去描写别人的生存状况,我们掌握了基本的人性,却没有对社会发展进程中,人的普遍心态和价值观念的变化,做过深入的研究,也没有对作为公共的生存环境和普遍的人性走向进行过深入的思考。在乡村领域,我们看到了国家的粮食直补和危房直补;在城市,我们看到了政府对房价和通货膨胀的宏观调控,同时,我们也看到甚至参与到了对一些社会假象的轻信和盲从。但我们知其然而不知其所以然，这一切，到底对社会生活产生了怎样的改变呢？它的深层原因是什么，它是否演进了我们的生存环境和精神状态？在我们笔下的人物身上，传统和现代到底打下了怎样错综复杂的烙印？并且因此，这个时代的人们的精神取向和创伤感以及幸福指数是什么？对这一切，我们还缺乏真正的了解和深入的思考，因此我们无法塑造出具有高度时代特征的艺术形象，更无法赋予他们灵魂和魅力。

因此有人说，当下只有经济学家才能清晰地看到和把握时代的特征与社会的走向。为什么呢？很简单，曾经，卡尔维诺就这样对欧美社会下过定义，他说，我们正处在"一个只以经济观点来思考的世界"，他说的也不是社会制度，而是世道人心。我们看到，中国社会发展到当下时代，历史遗留的封建意识和规则，在人性和社会当中起着潜在的主导作用，而经济模式的资本市场化，又使我们面临残酷的竞争和生存难题，在这封建意识和资本市场的双重挤榨下，作为个体的人丧失了很多可贵的东西，比如尊严、平等、风度等等，而在社会生活中遵循的潜在准则是：出卖灵魂，出卖自我，求得生存和发展。芸芸众生，谋生的手段很多都演化为巧取豪夺、变相欺诈的勾当，在这样的社会现实和人性变异面前，作家应该怎样去思考和表现？假如这正是我们所处的时代的特征的话，那么我们正有一块土壤可以产生出像巴尔扎克、左拉、马克·吐温那样，用金钱表现人的终极精神取向的伟大作家和作品。但是为什么当代没有更多地出现这样的伟大作家呢？因为我们缺乏强大的内心和思想力量，毋庸讳言，当代作家普遍存在的一个问题是精神的萎缩和人格的矮化，在同样对生存环境和生活条件的基本追求中，我们不可避免地选择了妥协和认可，作为作家，我们并不比别人更高尚一些，因此我们没有像前贤那样，成为别人的精神的导师，我们的作品不是我们理想中的那个样子，也不是人们期待的探讨精神出路的伟大作品。从这个意义上说，作为作家，我们的路还很长，我们还远远没有写出应该写出的那部作品。

感谢赵树理文学奖组委会和评委会给予我们的这项荣誉，更感谢荣誉所带来的压力、焦虑和鞭策。焦虑，以及焦虑所产生的思考，和思考之后的沉静，是成为一个优秀作家的基本条件以及最宝贵的财富。

作家是用作品来说话的，因此我站在这里已经说的太多了，就此打住。

现实主义是最先锋的

　　作为一名山西作家、一个读着"山药蛋派"经典和山西前辈作家作品成长和学习创作的晚辈，我想借此机会，谈一谈对"山药蛋派"在中国文坛的文学地位的认识，还有对现实主义文学传统的浅显理解。请各位领导和老师多加批评指导。

　　"山药蛋"文学流派，是两个人的文艺创作主张或者说方向的暗合催生的，一个是毛泽东，另一个是赵树理。或者可以说，是毛泽东《在延安文艺座谈会上的讲话》的春风化雨，滋润和助长了赵树理文艺通俗化、大众化的创作主张。早在1934年，深受新文学运动影响而成长于太行山区农村的赵树理，就提出了做个"文摊儿"作家、为农民写作的创作理念。1942年，毛泽东主席主持召开了延安文艺座谈会，发表了重要讲话，明确提出革命文艺要为人民大众服务，首先是要为工农兵服务的口号，讲话等于"肯定"了赵树理的创作方向。1943年赵树理的短篇小说《小二黑结婚》出版后，受到农民群众的普遍欢迎，成为山药蛋派的奠基作品，之后赵树理的《李有才板话》等一系列的作品受到根据地和国统区的一致高度评价，形成了独到的创作方向和独特的创作风格。

同一时期，后来被称作"五战友"的马烽、西戎、束为、孙谦、胡正，从延安鲁艺和部艺（部队艺术学校）学习回到自己熟悉的晋绥农村工作，在《在延安文艺座谈会上的讲话》（简称《讲话》）的指导和赵树理作品的影响下，创作出了一批同样深受农民喜闻乐见的、反映农村斗争生活的作品。同时受赵树理和他的文学理念影响的还有太行区的刘江和太岳区的李古北。虽然当时赵树理和"五战友"以及刘江和李古北并不相识，但相同的地域、政权、文化语境，相仿的出身、经历、艺术修养，相近的文学观念、审美追求和创作实践，使他们形成了一个共同的文学创作流派，作品具有鲜明而一致的特点。正像赵树理主张的那样，他们的作品都是写农民的，主要写给农民看的，是以《讲话》为指导，"为农民服务"、深受农民喜爱的大众化、通俗化的文学。

1949年后，赵树理和"五战友"陆续回到山西，创作出大量的小说、戏剧、电影、曲艺作品，歌颂农村新人新事或者揭露"问题"，自觉地以一个创作集体的面貌出现。在他们的影响下，又涌现出韩文洲、李逸民、义夫、杨茂林、刘德怀、谢俊杰、草章等新一代作家。从而形成了以奠基人赵树理为主帅，以"五主将"马烽、西戎、束为、孙谦、胡正以及李古北、刘江等人为第一代作家，以韩文洲、李逸民、义夫、刘德怀、杨茂林、谢俊杰、草章等人为第二代作家的重要的文学流派。

综上所述，不难发现，"山药蛋"文学流派和山西现实主义文学传统的形成，其发端和推动力就是毛泽东《在延安文艺座谈会上的讲话》，同时，山西文学巨大而长远的创作力量，也证明了毛泽东的文艺主张的正确性和前瞻性。可以说，"山药蛋派"，是中国新文学史上一个独一无二的文学流派，她发源形成于20世纪40年代，发展成熟于五六十年代，复兴于70年代末80年代初，如果从其奠基人赵树理最早开始文学创作的二三十年代算起，直到仍然对山西文学创作产生潜在影响的21世纪第一个十年，那么这个流派先后横跨两个世纪，历时近百年，这样绵长的生命力，在文学史上也几乎是绝无仅有的。毫不夸张地说，1949年后17年的中国文学，是以"山药蛋派"为主导的，之后，改革开放初期的"晋军崛起"和新世纪以张平主席获得茅盾文学奖为标志的第三次文学高潮，都奠定了山西在全国的文学大省地位。而这期间，不同时代的山西作家一脉相传的，就是在《讲话》精神的指导下，坚定不移地走现实主义文学传统道路，以及反映时代、关注社会的情怀和担当。

作为一名青年作家，我有幸得到过马老和胡老的关怀和指导。十年前，我在山西日报做副刊编辑，马老在让人给我送稿子的时候，经常会附一封短信，很多谈到他的创作观念，他说的最多的是生活是创作的源泉，而当时我正着迷于对一些先锋流派的模仿，对这个并不新鲜的说法并没有切身体会。后来，在省委宣传部和作协的努力下，我回到故乡洪洞挂职体验生活，得以近距离地直面社会现实，亲身体验到老百姓的生存环境，深刻体会到生活远比想象要精彩，它就是作家取之不尽、用之不竭的创作源泉。四年的挂职体验生活，同样改变和形成了我的文学观念，使我从各种探索主义和先锋流派渐渐回归到现实主义的创作道路上来，通过对古今中外经典的阅读，我发现，其实现实主义才是最先锋的，走现实主义道路的作家，是最具有探索精神的，他们直面现实、直面矛盾，直面人的生存困境，同样直面人的精神困境，他们是时代的代言人，也是历史的记录者。放眼世界文坛，托尔斯泰、巴尔扎克、狄更斯等等等等，伟大的现实主义大师灿若星辰，那些引领着人类永不停歇的精神脚步的大师，那些烛照我们心灵的伟大作品，莫不是现实主义道路上的实践者和探索者。他们为人类留下不朽的精神财富，他们对芸芸众生的悲悯情怀，他们对人类博爱精神的讴歌，永远激励着我们前行的脚步，也成为后辈作家仰望的灯塔和精神导师。他们的文学理念，和《讲话》的文艺主张是暗合的。而山西文学正是在《讲话》精神和现实主义大师的双重感召下，才创造出书写人民大众、推动时代发展的百年辉煌。

作为新一代作家，我们要继承山西文学的优秀传统，让自己的作品跟自己所处的时代发生关系，这也是古今中外的文学大师们共同遵奉的一个信条。真正的作家，是应该对他所处的时代有着思考、把握和表现，甚至对社会生活和历史发展产生重要影响的。我们要对社会发展进程中，人的普遍心态和价值观念的变化做深入的研究，也要对作为公共的生存环境和普遍的人性走向进行深入的思考，比如说，这个时代的人们的精神取向和创伤感以及幸福指数是什么？只有对这一切有了真正的了解和深入的思考，我们才能塑造出具有高度时代特征的艺术形象，并且赋予他们灵魂和魅力，创作出真正能够属于这个时代的优秀作品来。

访谈实录

Talk 1. 在目前这样一个大时代背景下，文学似乎存在着一种被边缘化的风险。您是怎样看待这样一种现状的？

这几十年以来，一些中国作家在过分强调文学化的同时，忽略了文学本应该承载的东西。我去年随中国作家组成的代表团访问了阿根廷和智利，那是拉美文学大爆炸的地方，在那里我感触很深。

我们参观了博尔赫斯的手迹展，众所周知，博尔赫斯晚年是一位盲人。在手迹展上，我们看到了大量的手稿本，那些本子大概比16开大一点，小字儿写得密密麻麻的。一开始，我以为那是他的小说、诗歌、散文的手稿。经过询问，我们发现并不是那样的，他的手稿是大量的田野笔记，上面记载着关于阿根廷、布宜诺斯艾利斯的风土人情，以及城市中小人物的故事。博尔赫斯做这些手稿，并不是为了发表什么文学作品,这些文字是采访式、笔记式甚至是考据式的历史记录。也就是说,在他所有的文字中,文学作品的比例也就占百分之三十左右,而剩下的百分之七十,就是他作为一个阿根廷作家,对阿根廷的风土人情、历史文化的记录。

在我看来,博尔赫斯之所以能成为一个享誉世界的大师,并不是因为他想成为一个好的作家,而是他本人始终对他的祖国有一种热爱与责任感。他用文字记录下这个国家和民族的历史沿革。一个伟大的作家,他的文学作品仅仅是他所有文字中的十分之三,他最耀眼的十分之三是浮在海面上的,但是支撑这十分之三的是海面底下的那十分之七,这就是所谓的"冰山理论"。

反观我们中国的作家呢?恰恰是就文学而论文学,丢掉了自己的文化根基与民族责任感。不论是文学形式还是其他的艺术形式,如果跟自己脚下的土地没有关系,跟自己身处的社会没有关系,跟自己周围的人没有关系,那么文学必然会边缘化。

Talk2.有一种观点是这样表述的"文学是无用的,这是它安身立命的起点,也是它的尊严所在"。很多人认为文学应该保持自己的审美特性,脱离其他附加因素的干扰,您怎样看待这种观点呢?

关于这个问题,我觉得它是辩证的。作为一门艺术,如果只追求审美,那它就像一朵花,因为美而有人欣赏。但是文学艺术的产生,跟植物开花是不一样的。比如说,诗歌最早的产生与祈祷有着很大的关系。当人类还处于原始时代的时候,他们在满足了自己的基本物质需求后,会感受到一种精神上的欲望,怎么来表达这种欲望呢?他们可以互相聊聊天。当一些自然现象解释不了时,他们就会觉得有神,但是怎么同神灵沟通呢?这就是最早的诗歌来源,它源于人类对神灵的祈祷。所以，直到现在我都认为诗歌依旧是最高雅、最高尚的艺术形式，因为它是人跟神的一种对话。

而其他的文学形式就不是这样了。比如小说，它更大程度上是一种稗官野史、街谈巷语。从这个角度上来说，文学艺术最早的起源，就是一种人类的精神诉求。诉求之后，就是"关关雎鸠，在河之洲"式的共鸣。有诉求、有共鸣，然后才有文学艺术。但如果我们把文学的这些功用都忽略了，仅仅强调它的审美，这就背离了文学产生的根本。有些人认为艺术应该曲高和寡，但我不这样认为，曲高和寡的东西不一定是真正的艺术，有时候它可能是一种伪艺术，因为它与艺术的本源背道而驰。

Talk3.我们刚才谈到了文学艺术的功用，现在的文学在慢慢向着审美靠近，这也许是跟社会背景的变迁有关系的。古时文人的理想是"修身、齐家、治国、平天下"，他们可以通过仕途达到"朝为田舍郎，暮登天子堂"的转变。而现在的文人，大都只是一种职业。您认为是否是这样的变化限制了文学的格局。

正好我也从过政，对于你这个问题还是有一些切身体会的。我们古代常说"学而优则仕"，包括你刚才说的"朝为田舍郎，暮登天子堂"，这些标准无非是一种人生价值观的体现。这种人生价值观是和中国传统的文化紧紧捆绑在一起的。

我最近喜欢听京剧，有《文昭关》《洪羊洞》……其实不论是伍子胥、杨延昭还是诸葛亮，这里面都有一个说法，就是他们都要把自己取得的官位说一遍，而且里头它还有一个倾诉，即为了国家我几乎半日都不得闲。这种倾诉，实际上是一种超越文人、超越政治家的偏狭的政治诉求。我觉得它更多的是侧重于实现自己个人的人生价值。几千年以来的中国，儒家思想是主流，如果个体想要实现自己的人生价值，就必须科举仕进。在那样一个单元化的漫长的封建时代，除了读书以外，其余都是下九流。这就是所谓的"万般皆下品，惟有读书高"。

但现在不一样，现在价值观念多元化，封闭的国家概念也被地球村的概念代替。受整个世界的影响，价值观分化得非常厉害。这种价值的分化导致了分工的多元与合理。读书写文章也好、做生意也好、做演员也好，行业之间是没有高下之分的。也就是说，价值观的多元，导致了实现人生价值的多元。成功有很多的标准，不仅仅是当时那一元了。所以现在说，作家纯粹成为作家，这个是时代导致的。

Talk 4.您的写作特色有着很强的现实主义色彩，但您也曾说过雨果对您产生了非常大的影响，甚至言"凡是有房子的地方，都放着雨果的作品"，但显然雨果属于浪漫主义作家，有人认为浪漫与现实是泾渭分明的，您觉得浪漫与现实集中在您的身上会产生冲突吗？

所谓的"现实主义"与"浪漫主义"，它并不是二元对立的。它的顺序是这样的，最早是古典主义，然后是浪漫主义，再次是现实主义。古典主义不用说了，涌现出了很多大师。浪漫主义的代表性人物是雨果，现实主义就更多了。从古典主义到现实主义，它并不是单线发展的关系。比如说普希金，普希金是现实主义还是浪漫主义？恐怕是不能一下子切割开来的。普希金是19世纪俄国浪漫主义文学的主要代表，但我们看他的作品《上尉的女儿》，这部作品被称为俄国文学史上第一部描写现实主义的文学作品。从某种意上来说，俄国现实主义小说的鼻祖实际上是普希金，是普希金的小说奠定了现实主义的基础。

其实，"现实主义"与"浪漫主义"是相辅相成的。比如，我们常说托尔斯泰是现实主义，到了陀思妥耶夫斯基就是现代主义。很多时候，这种观点是一种马后炮。为什么这么说呢？一个作家在他的那个时代用什么手法去表现，这是当时的世界潮流、文化思潮共同作用在他的身上所形成的。

而我们现在做研究的时候，往往是反过来揣摩这个作家当时为什么要选择浪漫主义或是现实主义。其实这都是不科学的。这种反向研究就糟糕在这种地方，这是文学理论批评家所进行的一种粗暴的、强制性的区分。也许雨果也并不明白，后人为什么要把他定义成浪漫主义。

Talk5.在您创作中，关于山西的本土特色占了很大的比重。比如说，您就非常看重方言在一部小说中的地位。但现在我们面临着一个问题，就是方言在不断地消逝，乡土气息也逐渐被城市化进程所掩盖，您对此有什么看法呢？

我个人的创作与创作观是一直变化的。你刚才说的观点实际上是我很久以前的一个创作观点。我的乡土作品，是写给有故乡的人看的，如果没有故乡，又何谈乡愁！在我创作乡土小说的阶段，我强调写故乡时要用方言。

方言在很大程度上是古汉语的留存，其中包含了很多古汉语的精粹。普通话"我们一起去做什么事？"太原话说"咱们相跟上去干吗"，洪洞话说"咱们厮跟上去干吗"。"厮跟"这个词现在不常用了，但"这厮""那厮"都是古典文学里面的。写乡土小说用方言，既可以对有过故土经历的人产生一种共鸣，也可以把中华文化中的一些传统保存下来。

在那个阶段，我写了《母系氏家》《众生之路》，还有获"鲁迅文学奖"的《前面就是麦季》，这些都是关于乡土的。后来我就慢慢地调整到写历史小说，创作了《中国战场之共赴国难》。为什么要调整到写历史小说呢？因为我注意到了你提出的那个问题。实际上，乡土文化在中国早就消失了，即使是生活在农村中的人，他们的生活方式也是属于城市的。从前走村串户的货郎被现代化的城市所取代。现在的中国，处在一个无法形容的时代。城市里的人还没有真正的城市化，而农村里的人也不再过着纯粹的农村生活了。原来的乡土没有了，我能写的乡土都已经写过了，所以我也就不再写乡土小说了。后来，我就慢慢转变方向写历史小说，写《中国战场之共赴国难》、写《弃城》。

我个人认为，一个作家应该多向过去的一些大师学习，诸如巴尔扎克、福克纳这些人。他们首先就不会忽视自己所身处的时代。面对中国发展的新进程，我不能总是执着于已经并不存在的乡土，而不前瞻性地、与时俱进地立足当下。我现在已经开始抛开自己的年龄和时代烙印，开始描写"90后"的生活方式了。我是1974年出生的，要是按照农村20岁结婚的话，我现在的孩子也都20多岁了。但是作为一个作家，我觉得我可以尝试着写"90后"，甚至我女儿这一代的"00后"。这才是一个作家跟时代的关系、跟社会发展的关系。我不知道别人怎么样，但我现在有这样的想法。

还有一个原因也是被迫的。因为社会上最大的阅读群体永远是年轻人。为什么"50后""60后"的那群人当年可以走红呢？很大程度是因为当年没有其他媒介，只有书本。他们在写作的时候，他们的同时代人都捧着书本阅读他们的作品。而到了我们"70后"，当我们创作的时候,电脑来了,我们一下子跟不上了。"80后"更多地在网上,他们出书的时候,也是这代读者群体最壮大的时候,所以他们也很火。到现在"80后"老去了,"90后"开始看书了,"00后"准备看书了。"90后"是这个社会最壮大的阅读群体。所以我要是能突破自己,写一些"90后"的感受,也许还能成为一个畅销书的作家。

Talk6.您可以和我们简单谈一谈您目前的创作状况吗?

我现在刚完成了一部中篇小说《忌口》,这算是一部破冰之作吧!小说的内容是描写一个"90后"女生的人生理想与情感状态。这部小说,借鉴了先锋电影的一种方式。它想表达的是,在现代社会中,年轻人在职场上、生活上、情感上,想找到一席之地比过去更加艰难。现在的诱惑很多,假的东西很多,年轻人在一个地方付出很多却未必会有成效,因此会产生很多苦闷。尤其是我们现在,我们过去常说要找个好人结婚,可现在想找到一个好人也很难。真正在一起后,就会发现脚踏实地的好人实际上是少之又少的。

Talk7.我们知道,小说这种文体,刚出现时地位其实不是很高。《庄子》言"饰小说以干县令,其与大达亦远矣!"一直到了近代梁启超先生的小说运动,小说才被提到了一个很高的位置。那您可以为我们前瞻一下,小说的未来吗?

我个人觉得,每一种艺术形式的兴盛与衰落,都是与当时具体的社会环境、价值取向以及大众的接受偏向相关的。历数过来,唐有诗、宋有词、元有曲、明清有小说。"小说"这个词在产生之初和我们理解的概念是不一样的,但它从最初的稗官野史发展到当代小说的盛况,不仅仅是咱们一个国家的原因,它是和整个世界小说的潮流休戚相关的。

从秦始皇统一中国到近代,我们的历史几乎没有演进,它更像是一种推倒重来的循环过程。到了近代,西学东渐,民主之风渗透到中华大地,历史才开始了真正的演进。在从西方到东方这个大的历史演进之中,那些短小的艺术形式已经不足以去反映这个波澜壮阔的大时代了。而小说本身是有很大的篇幅去展示一个历史的演进的,它能图解沉浮在历史中的人物的命运变换。读者也能够从中寻找到自己应该如何自处。我们知道,在宏大的历史画卷中,个人史基本上是没有的,人都需要寻找自己的存在感。当个体无法在现实生活中找到时,他们可以转向小说的怀抱,去看看历史到底是怎么回事。因此,小说应运而生、成为主流也就可以理解了。

如果要我前瞻一下小说的未来,我觉得小说,尤其是长篇小说走出它主流的艺术形式只是时间问题。试问一下,现在是读小说的人多还是看电视的人多?就文学这个小范畴来说,小说还占据着主流的地位,但如果从大的文化接受上去看,小说已经被抛弃了。包括我自己,作为一个作家,我现在看电影、电视剧的次数也很多。虽然我更多的是为了学习,但说真的靠在沙发上看一场电影还是很惬意的。

Talk8.在您当下的创作中,有两个大的块头。一个是《中国战场之共赴国难》,一个是《中国战场之表里山河》,您是怎样认为这些小说与历史记录的关系呢?我们追根溯源地看,史传文学与小说在创作阶段有很大的渊源。钱钟书先生就曾经说，历史学家在写历史的时候，大都是没有亲自见到的，只能"揣之摩之"，那您认为您的历史小说，是忠实地记录历史还是侧重于历史的精神面貌，又或者说，这些历史只是您个人眼中的历史观？

这个问题说来比较复杂，我先说写《中国战场之共赴国难》的原因。这个故事的主要内容是红军东征，红军在抵达陕北之后，为了自身的发展，决定东征山西来筹款筹粮。关于红军东征山西这段历史，党史中可谓是一笔带过，没有很正面地去表现。这也是当时激发我创作兴趣的一个方面。

我花了几年的时间去采访、翻阅史料。我发现红军东征山西，实际上对整个抗日、对整个中国的历史进程所产生的作用是非常大的。怎么说呢？红军东征山西是毛泽东的主张，从战争概念上看，此举确实是为了扩大红军的势力。但在作战的同时，毛泽东让周恩来和李克农同山西的阎锡山、陕西的张学良与杨虎城谈判，希望大家可以联合起来共同抗日，从而形成北方抗日统一战线。当时共产国际也提出，希望中国各党派可以统一阵线，共同对抗法西斯的侵略。我们知道，中国抗日战争的胜利是因为抗日民族统一战线的形成，而抗日民族统一战线的形成是因为红军东征山西的同时，通过作战、政治谈判而形成的最早的抗日民族统一战线。如果从这个高度上来看，这段历史就需要大书特书一笔了！

再一个是我的创作初衷，我并不是为了写一部文学作品，更多的是想要把这段前人没有呈现的历史完整地呈现出来。我在创作这部小说的时候，基本上都遵循了历史的史实。整个历史的线索、战争的线索乃至所有的时间地点都是真实的。我找到了毛泽东主持红军东征的所有电报，里面详细记载了军队何时出发、抵达何处、采取何种作战方式，我完全是根据这些电报来的；政治线上，包括周恩来找李克农、张学良谈判，蒋介石、宋子文、宋美龄委托人找中共谈判，这些也都是有真实的史料做基础的。在这部小说中，数得上的有两百多个人物，没有一个是杜撰的。乃至于其中的一个渡河的艄公、牺牲了的战士都是实事实人，有凭有据。

小说中当然也有揣测的部分，也就是我们说的艺术想象。比如说，毛泽东和彭德怀在指挥作战时的心理，那种国家抱负与英雄情怀，是需要用文学的手法把它表现出来的。但在艺术想象时，我始终遵循一个原则，那就是我从不杜撰他们没有说过的话。包括他们所有的观点，即使我通过自己的笔把它们表述出来了，但他们的观点也都是可以在史料中查到的。也就是说，在创作中，虚构的成分只有不到百分之三十。

Talk9.从年少成名，到现在硕果累累，在这数十年的创作过程中，促使您笔耕不辍坚持下来的动力是什么？对于现在想要投身创作领域的年轻人，您有什么意见或忠告吗？

我这么多年来，写作的动力也是不同的。人最想倾诉的时候，是年轻的时候。我最开始动笔写东西的时候，也没有想到将来能成名，更没想到作家会是我的职业。我当时的想法很简单，就是想要倾诉、想要表达。彼时写作于我而言是一件很愉悦的事，我一点都不会觉得累。记得我刚来太原的时候，一个人租住在一间房子里。有时候早上六点天一亮突然有了灵感，我就赶快在那台破旧的电脑上开始写，一写就是十多个小时，不吃不喝、不挪地方、不上卫生间，进入了一种浑然忘我的状态。从早到晚，一天可以写一两万字，当我站起来的时候，血液会从脑门这里一下子降到脚底板，但我是非常愉悦的，晚上出门吃一碗永济饺子，我就非常满足了。接下来是一个爬坡的过程，我的写作慢慢地往专业上走，我也在不停地阅读大师的作品。那个时候，我有一种实力提升的快感，那也是一种动力。

最糟糕的是，在我有了名气以后，地位奠定了，压力也就随之而来了。别人会认为你是大作家了，理应写出大作品来。但是要写出一部大作品又谈何容易啊！这个时候，人也有惰性了，计划写一个大东西，就得知道自己要付出多长的时间，得受多大的苦。比如我在写《中国战场之共赴国难》的时候，基本上8个月没有出门，不见朋友、不上班、不开会，足足在家吃了8个月的挂面。而且人到中年，体力也不如从前了，写作反而成了一种负担，会有一种很累的感觉。有时候，会有很多好的想法在我脑子里出现，但就是懒得坐下来写。一个人超越别人很容易，真要是超越自己是很困难的。现在反而是没有压力了，有时候，还得建立一种自信，写一部作品就是需要时间和准备。

对于想要投身文学创作的年轻人，我想说喜欢文学是对的。文学是全人类的精神需求，人之所以异于禽兽，很大原因是人类有情感。同样，文学也是认知历史、认知人生的一个非常好的渠道。但是，我们把文学、写作当成一个高雅的爱好就好，不一定人人都有成为作家的必要，每个人都是作家也不现实。

当然，喜欢写作，就想让自己写得好一点是人之常情。就拿我自身来说，我一直不太热衷于写作技巧。我觉得很多东西就像待人接物一样，是一个自然生发的过程。如果想要写得好，没必要去注重写作技巧，而是要侧重阅读。阅读是一件充满着乐趣的过程，很多人读着读着就有了写作的欲望，很多人热衷于续写《红楼梦》就是这样的。阅读是一种领略，写作是一种倾诉与表达，从输入到输出，是一个水到渠成的过程。阅读之外，你想要在写作过程中言之有物，那你就必须得是一个生活中的有心人。对于生活中美的事物，你可以领略到；不好的事，你有愤慨；不合适的事，你有想法。

创作年表(要目)
(1995-2019)

▲ 1995 年

1月，短篇小说处女作《清早的阳光》，发表在《山西文学》1995年第1期。

1月，短篇小说《不惑之年》发表于《太原日报》双塔文学周刊头版。

▲ 2000 年

1月，诗歌《迟到的乌鸦（外一首）》发表于《诗刊》2000年第1期。

5月，诗话《仰视诗人》发表于《诗刊》2000年第5期。

10月，《大家》（时任主编李巍）2000年第5期推出中短篇小说辑，发表《局外人》《一位小姐的心灵史之谜》《女儿国》《小叔的艺术生涯》四篇。

10月，随笔集《比南方更南》由作家出版社出版，收入"青藤丛书"。

11月，短篇小说《局外人》由《短篇小说选刊版》2000年第11期转载。

12月，散文《对乡村的两种怀念》发表于《人民文学》2000年第12期。

▲ 2001 年

2月～4月，在《山西文学》开设"名著篇名短篇小说"专栏，发表《一个青年艺术家的画像》《存在与虚无》两个短篇。

6月，长篇小说《奋斗期的爱恋》发表于《黄河》2001年第3期头题。

7月，诗歌《黑与亮（二首）》发表于《诗刊》2001年第7期。

9月，《奋斗期的爱情》由长江文艺出版社出版，收入"九头鸟长篇小说文库"。

▲ 2002年

5月，诗歌《纪念（外一首）》发表于《诗刊》2002年第5期下半月号。

6月，短篇小说《解决》发表于《山西文学》2002年第6期。

8月，《解决》由《小说精选》2002年第7期转载。

9月，短篇小说《师傅越来越温柔》发表于《鸭绿江》2002年第9期。

12月，《师傅越来越温柔》由《小说选刊》2002年第12期转载。

12月，获得2002年度山西新世纪文学奖。

▲ 2003年

1月，短篇小说《流氓兔》发表于《广州文艺》2003年第1期。

3月，《流氓兔》分别由《小说月报》2003年第3期、《短篇小说选刊版》2003年第3期转载；短篇小说《把游戏进行到底》发表于《人民文学》2003年第3期。

4月,短篇小说《解决》收入人民文学杂志社选编、李敬泽主编《2002年文学精品·短篇小说卷》,敦煌文艺出版社出版。

▲ 2004 年

1月,短篇小说《流氓兔》收入人民文学出版社《21世纪年度小说选·2003短篇小说》。

5月,长篇小说《公司春秋》由中国社会出版社出版。

7月,短篇小说《后福》发表于《中国作家》2004年第7期。

7月,短篇小说《最近比较烦》发表于《北京文学》2004年第7期。

10月,长篇小说《公司春秋》由《长篇小说选刊》2004年试刊号"小说故事"选介。

▲ 2005 年

3月,短篇小说《后福》收入谢冕、朝全选编,华艺出版社出版《好看短篇小说精选》。

5月,长篇小说《婚姻之痒》由朝华出版社出版。

▲ 2006 年

10月,中篇小说《炊烟散了》发表于《现代小说》寒露卷头题。

▲ 2007 年

9月,《李骏虎小说选》中篇卷、短篇卷由山西古籍出版社、山西人民出版社联合出版,收入《炊烟散了》《爱》《梦谭》三个中篇,《解决》《后福》等短篇。

9月,由省作协选送鲁迅文学院第七届中青年作家高级研讨班学习。

▲ 2008 年

1月,短篇小说《奔跑的保姆》发表于《鸭绿江》2008年第1期。

2月,中篇小说《心跳如鼓》发表于《飞天》2008年第2期。

2月,应《山西文学》副主编鲁顺民之约,推出小说作品专辑,发表中篇小说《玫瑰》、短篇小说《漏网之鱼》、创作谈《享受写书的过程》。配发评论家杨品同期评论。

3月,应邀在刘醒龙主编《芳草》文学杂志开设"年度精锐"专栏,陆续发表中篇小说《前面就是麦季》,短篇小说《七年》《焰火》,分别由评论家王春林、刘川鄂、韩春燕配发同期评论。

4月,《前面就是麦季》由《小说选刊》2009年第4期转载。

5月,《前面就是麦季》由《中篇小说选刊》2009年第3期转载。

5月,短篇小说《退潮后发生的事》发表于《绿洲》2008年第5期。

8月,长篇小说《母系氏家》发表于《十月》长篇小说2008年第4期头题。

▲ 2009 年

2月，短篇小说《七年》收入人民文学出版社《21世纪年度小说选·2008短篇小说》。

4月，长篇小说《婚姻之痒》由中国友谊出版公司重新出版。

6月，中篇小说《逆流而上》发表于《小说界》2009年第3期。

7月，中篇小说《五福临门》发表于《山西文学》2009年第7期头题。

10月，中篇小说《五福临门》由《小说月报》2009年增刊中篇小说专号第4期转载。

10月，获得第十二届庄重文文学奖。

11月，《山西日报》黄河文化周刊"黄河关注"刊发记者朱慧访谈《用小说探索人的精神世界——专访第十二届"庄重文文学奖"获得者李骏虎》。

12月，长篇小说《母系氏家》由陕西人民出版社出版发行。

▲ 2010 年

4月，中篇小说《五福临门》入选中国小说学会2009年度中国小说排行榜。

4月，长篇小说《母系氏家》修订本发表于《黄河》双月刊2010年第2期，配发创作谈《我为什么要重写〈母系氏家〉》，以及评论家杨占平文章《成功的跨越——由〈母系氏家〉谈李骏虎小说创作的转型》。

4月，散文《属于"晋南虎"》发表于《天津日报》文艺周刊。

6月，短篇小说《牛郎》发表于《黄河文学》2010年第6期。

6月，《山西日报》黄河文化周刊"黄河关注"刊发长篇小说《母系氏家》评论专辑，发表评论家傅书华《现实主义的力量极其现实意义——读李骏虎的长篇小说〈母系氏家〉》、宁志荣《乡村生活的艺术呈现》、王晓瑜《芸芸众生的生命轨迹》三篇文章。

7月，长篇小说《母系氏家》由《长篇小说选刊》2010年第4期"小说视点"选介。

9月，长篇小说《小社会——铅华与骚动》被立项为2010年度中国作协重点作品扶持选题。

10月，中篇小说《前面就是麦季》获得第五届鲁迅文学奖全国优秀中篇小说奖。

11月，长篇小说《母系氏家》获得2007—2009年度赵树理文学奖长篇小说奖。

11月，因第十二届庄重文文学奖和第五届鲁迅文学奖，获得两项赵树理文学奖荣誉奖。

12月，中篇小说《前面就是麦季》转载刊发《北京文学中篇小说月月报》第五届鲁迅文学奖获奖小说专号。

24日，散文《手不释卷的李存葆》发表于《中国艺术报》九州副刊。

▲ 2011年

2月，短篇小说《割草的男孩》发表于《芒种》2011年第2期。

3月，短篇小说《还乡》发表于《红岩》2011年第2期。

3月，评论《看刘心武魔幻手法续红楼》发表于《中国艺术报》文艺评论版。

5月,中短篇小说集《前面就是麦季》由北岳文艺出版社出版。

6月,散文《老鼠旅馆》发表于《今晚报》今晚副刊。

11月,描写山西抗日民族统一战线选题《中国战场之共赴国难》,入选中国作家协会2011年作家定点深入生活名单。

▲ 2012 年

1月,定点深入生活选题中篇小说《弃城》发表于《当代》2012年第1期。

1月,《文艺争鸣》2012年第1期发表评论家傅书华文章《〈母系氏家〉对现实主义的真实书写》。

2月,短篇小说《科比来了》发表于《青年文学》(上旬刊)2012年第2期。

2月,中篇小说《弃城》由《作品与争鸣》2012年第2期转载。

3月,散文《景老师消失在地平线》发表于《文艺报》文学院专刊。

4月,中篇小说《弃城》由《中篇小说选刊》增刊2012年第1期转载。

8月,《文艺报》文学院专刊头版刊发作家李骏虎专版,发表创作谈《慢慢地,学会了怀疑》,配发鲁迅文学院教研室赵兴红评论《精神向度决定作品高度》、《芳草》编辑郭海燕文章《南人北相小虎子》。

9月,《中国战场之共赴国难》入选2012年中国作家协会重点作品扶持选题定点深入生活专项选题。

12月,《创作与评论》"文艺现场"专栏发表中篇小说《此岸》、创作谈《命运才是捉刀人》;配发山西大学文学院教授王春林访谈《让作品跟身处的时代发生关系——李骏虎访谈录》，山西省社科院文学所所长陈坪评论《向着大地的回归——李骏虎中短篇小说创作论》，以及马顿《细节与方言是乡土文学的优胜点——以李骏虎长篇小说《母系氏家》为例》。

12月，《人民日报·海外版》刊发中华读书报记者舒晋瑜文章《李骏虎：现实主义才是最先锋的》。

▲ 2013年

1月，中篇小说《庆有》发表于《山西文学》2013年第1期。

1月，《芳草》杂志2013年第一期刊发山东师范大学教授张丽军访谈《李骏虎：于传统束缚中开疆辟域——七〇后作家访谈录之五》。

1月，《映像》杂志2013年第1期刊发诗人阎扶访谈《"现实主义是最先锋的"——青年作家李骏虎访谈》。

3月，《莽原》双月刊"当代名篇聚焦"发表李骏虎点评毕飞宇《家事》，评论家张丽军评介。

5月，短篇小说《亲密爱人》发表于《山花》2013年第5期。

5月，电视连续剧《婚姻之痒》由吉林电视台都市频道播出。

7月，《山西日报》文化周刊刊发记者杨东杰访谈《书写我们身处的时代》。

7月，散文《大风到来之前》发表于《散文》2013年第7期。

8月，散文《河北三思》发表于《文艺报》新作品版头条。

8月，中篇小说《大雪之前》发表于《清明》2013年第4期。

8月，长篇小说《婚姻之痒》由北岳文艺出版社出版第三个版本。

8月，散文《北地树》发表于《光明日报》光明文化周末"大观"版。

9月，中篇小说《此案无关风月》发表于《长江文艺》2013年第9期。

9月，散文《大风到来之前》转载于《散文选刊》2013年第9期。

10月，散文《那年花好月圆时》发表于《山西日报》黄河文化周刊。

11月，长篇小说《浮云》发表于《芳草》文学杂志双月刊。

11月，散文《广武怀古》发表于《山西日报》河文化周刊。

12月，散文《河北三思》收入河北美术出版社《品鉴河北》。

▲ 2014 年

1月，短篇小说《刀客前传》发表于《大家》2013年第1期。

2月，散文《行走广西》发表于《光明日报》光明文化周末作品版。

3月，散文《大风到来之前》收入北岳文艺出版社《2013年散文随笔选粹》

3月，文论《寻尧记》发表于《深圳特区报》人文天地首发版。

4月，散文《不安的"出逃"》发表于《人民日报》大地副刊。

5月，长篇小说《奋斗期的爱情》由北岳文艺出版社再版。

5月，短篇小说《一日长于百年》，发表于《福建文学》2014年第5期。

5月，散文《在乡亲和大师之间》发表于《山西日报》黄河文化周刊笔会版。

5月，短篇小说《来自星星的电话》发表于《光明日报》光明文化周末作品版。

6月，长篇小说《奋斗期的爱情》修订本附记《我与〈奋斗期的爱情〉》发表于《中华读书报》书评周刊文学版。

7月，点评陈忠实散文《原下的日子》发表于《散文选刊》2014年第7期上半月刊。

8月，《小说评论》推出小说家档案–李骏虎专辑，刊发栏目主持人於可训《主持人的话》，傅书华、李骏虎对话《现实是文学的起飞点和落脚点》，李骏虎自述《用心灵思考和创作》，李骏虎主要作品目录，傅书华《论李骏虎的小说创作》等一组文章。

8月，散文《不安的"出逃"》转载于《散文选刊》2014年第8期。

8月，中篇小说《爱无能兮》发表于《芳草》2014年第4期。

9月，中国新文学学会会刊《新文学评论》"文学新势力"栏目推出李骏虎专辑，发表"作家语录"《谈我的创作转型》《〈奋斗期的爱情〉修订本附记》，以及王莹、张艳梅评论《李骏虎小说创作论》，张丽军、乔宏智《从都市情感到重返乡土——李骏虎中短篇小说漫谈》，马顿《〈母系氏家〉：一部见微知著的家庭政治演义》，李佳贤、王春林《人性倾斜与社会批评——评李骏虎长篇小说〈浮云〉》等研究文章。

9月，文化散文集《受伤的文明》由山西人民出版社版。

9月，散文《不安的"出逃"》由《发展导报》"阅读"版转载。

10月，散文《雨中去吕梁》发表于《山西日报》黄河文化周刊笔会版。

11月，散文《汉的长安》发表于《光明日报》光明文化周末文荟版头条。

11月，短篇小说《云中归来》发表于《深圳特区报》人文天地"首发"版。

12月，长篇小说《中国战场之共赴国难》发表于《芳草》文学杂志2014年第6期。同时单行本由北岳文艺出版社出版。

12月，长篇小说《中国战场之共赴国难》获得第四届汉语文学女评委奖最佳叙事奖。

12月，创作谈《人民是文学的生命力》发表于《文艺报》。

▲ 2015 年

1月，创作谈《人民是文学的生命力》发表于《作家通讯》2015年第1期。

1月，在《小说选刊》开设"小说课堂"专栏，文学评论《经典的背景》发表于《小说选刊》2015年第1期。

1月，小说集《此案无关风月》由北岳文艺出版社出版。

1月，长篇小说《众生之路》发表于《莽原》杂志2015年第一期。

1月，散文《不安的"出逃"》收入漓江出版社《2014中国年度精短散文》。

1月，文学评论《化身：大师的"壶中妙法"》发表于《文学报》论坛专版。

1月，《山西晚报》开始连载长篇小说《中国战场之共赴国难》。

1月，《山西晚报》文化访谈版刊登专版：《李骏虎：〈共赴国难〉中，我写了段比文学更有价值的历史》。

2月,《中华读书报》发表评论家何亦聪文章《〈受伤的文明〉:笔墨从胸襟中来》。

3月,《黄河》杂志"黄河对话"刊发中国小说学会副会长、著名评论家王春林教授和小说家杨东杰对话《启示:李骏虎〈中国战场之共赴国难〉的新历史叙事价值》。

3月,《文艺报》发表著名评论家山西省作家协会主席杜学文评论《历史观、方法论与艺术表达——读长篇小说〈中国战场之共赴国难〉》。

4月,《山西日报》黄河文化周刊刊发《中国战场之共赴国难》创作谈《红色题材的求真魅力》。

4月,《太原晚报》天龙文苑刊发《中国战场之共赴国难》创作谈《三年走出的三十万言》。

4月,《都市》杂志2015年第4期头题刊登长篇散文《橘子洲头畅想》、长篇小说《中国战场之共赴国难》节选《决战兑九峪》。

4月,《太原日报》双塔文学周刊刊发徐大为、李骏虎对话《历史丰厚了文学,文学更应对历史负责》。

4月,中国作家协会《作家通讯》刊发《中国战场之共赴国难》创作谈《文学怎样为历史负责?》。

5月,《中国战场之共赴国难》精装典藏版由北岳文艺出版社出版。

5月,《名作欣赏》杂志2015年第5期刊登著名评论家、山西省作家协会主席杜学文评论《历史观、方法论与艺术表达——读长篇小说〈中国战场之共赴国难〉》。

5月,山西卫视新闻午报播出《长篇小说〈中国战场之共赴国难〉首发式举行》。

5月,山西新闻联播报道《我省新作——首部展现抗日民族统一战线形成过程的长篇小说》。

5月，新华网电《中国作家历时三载完成反法西斯战争纪实新作》。

5月，《中国新闻出版报》发布2015年4月优秀畅销书榜，《中国战场之共赴国难》进入文学类前十名。

5月，《山西青年报》新闻专题专版报道《首部描写红军东征的历史小说》。

5月，《发展导报》"聚焦"专版《山西作家书写红色救亡史——李骏虎新著〈中国战场之共赴国难〉讲述抗日民族统一战线形成过程》，并专版发表《长篇小说〈中国战场之共赴国难〉故事梗概》。

5月，光明网讯《长篇抗战历史小说〈中国战场之共赴国难〉引起反响》。

5月，散文《生命因为阅读而丰盈》发表于《群言》杂志2015年第5期。

6月，《文艺报》新作品专版发表《中国战场之共赴国难》创作谈《今天怎样写"救亡史"》。

6月，《文艺报》公布中国作家协会重点作品办公室2015年重点作品扶持项目篇目，长篇小说《巨树》列入"中国梦"主题专项。

7月，长篇小说《众生之路》由山西出版传媒集团山西人民出版社出版。

7月，散文《不安的"出逃"》，收入人民日报出版社《人民日报2014年散文精选》。

8月，《中华读书报》发表记者夏琪访谈《李骏虎：战争题材让我重拾宏大叙事》。

10月，评论集《经典的背景》由山西出版传媒集团北岳文艺出版社出版。

10月，《文艺报》发表刘慈欣、李骏虎对话《科幻文学与现实主义密不可分》。

▲ 2016年

1月，短篇小说《六十万个动作》发表于《飞天》2016年第1期。

3月，短篇小说《皮卡的乡下生活》发表于《星火》2016年第3期。

5月，中篇小说《银元》发表于《解放军文艺》2016年第5期。

5月，长篇小说《中国战场之共赴国难》获得山西省第十一届精神文明建设"五个一工程"奖优秀作品奖。

5月，散文《他与高原互为表里》发表于《山西日报》黄河文化周刊，纪念陈忠实。

6月，长篇小说《母系氏家》由北岳文艺出版社再版。

9月，《时代文学》2016年第9期"名家侧影"刊发小辑，发表短篇小说《在世纪末的夏天》，配发梁鸿鹰评论《论李骏虎乡村小说里的女性形象》，马顿、康志宏评论《矛盾密布，终织成幅》，以及五篇印象记：胡平《我眼中的李骏虎》，任林举《鲁28的"骏虎"》，曾剑《牵手的兄弟》，李燕蓉《有分寸的人》，孙峰《我的邻居和文友》；附李骏虎重要作品目录。封二、封三、封四刊发"李骏虎书法作品"。

9月，散文《雨城遐思》发表于《中国艺术报》副刊。

11月《光明日报》光明文化周末文荟版发表《地球的这一边》（组诗）。

11月，《文艺报》第九次全国作代会专刊发表《期待中国文学大繁荣》。

12月，散文《赐生我们的巨树永青》发表于《文艺报》原上草副刊。

▲ 2017 年

1月，随笔《赐生我们的巨树永青》发表于《文艺报》原上草副刊。

1月，理论文章《在中国写作的优势和障碍》发表于《文艺报》。

4月，长篇小说《浮云》由江苏凤凰文艺出版社出版。创作谈《那是救亡的先声和前奏》发表于2017年4月19日《解放军报》"长征"副刊。

8月，诗集《冰河纪》由北岳文艺出版社出版。

8月，散文《铜鼓笔记》发表于《文艺报》。

8月，中篇小说《忌口》发表于《作品》2017年第8期。

9月，中篇小说《忌口》转载于《中篇小说选刊》2017年第5期。配发创作谈《没有贺涵，也没有尹先生》。

12月，散文《梅溪上的"西客"》发表于《山西日报》黄河副刊。

▲ 2018 年

1月，评论《我们全部的尊严就在于思想》发表于《安徽文学》2018年第1期。

1月，散文《在乡愁里徜徉的新时代》发表于《群言》2018年第

1期。

1月，评论《讲政治 谈文学 搞创作》发表于山西日报《文化周刊》。

2月，散文《梅溪晋韵》发表于《人民文学》2018年第2期。

2月，评论《如何创造山西文学新"高峰"》发表于山西日报《文化周刊》。

3月，短篇小说《飞鸟》发表于《大家》2018年第2期。

4月，评论《国之光采，通达纵横》发表于《群言》2018年第4期。

5月，评论《两翼齐飞振兴山西文学》发表于山西日报5月16日《文化周刊》。

6月，评论《这些书影响了青年习近平的成长》发表于《支部建设》2018年第16期。

6日，评论《山西文学创作如何再攀高峰》发表于山西日报《文化周刊》头条。

8月，评论《文学要有社会功能和现实意义》发表于山西日报《文化周刊》。

8月，散文集《纸上阳光》由中国言实出版社出版，收入全民阅读精品文库，王巨才主编"当代最具实力作家散文选"。

8月，评论《文学创作关乎现实人生》发表于《文艺报》。

10月，散文《铜鼓笔记》收入中国作家协会编《遥望那片星群——中国作协"迎接党的十九大暨纪念建军九十周年"主题采访活动作品集》，作家出版社2018年10月第一版。

10月，随笔《那是救亡的先声和前奏》获得第六届长征文艺奖。

11月，自述《记录山西的神韵和荣光是我的责任和光荣》发表于《山西日报》文化周刊。

▲ 2019年

1月，中篇小说《献给艾米的玫瑰》发表于《芙蓉》2019年第1期。

2月，中篇小说《献给艾米的玫瑰》被《北京文学中篇小说月报》2019年第2期转载。

4月，诗歌《家书》发表于《山西日报》文化周刊。

5月，散文《一个小镇的故事》发表于《山西日报》文化周刊。

9月，中篇小说《太原劫》发表于《红豆》2019年第9期。

10月，中篇小说《太原劫》被《小说选刊》2019年第10期转载。

10月，中篇小说《太原劫》被《小说月报》2019年中长篇专号第四期转载。

11月，散文《延安时间》发表于《光明日报》光明文化周末作品版。